KB092420

# 명품가문의 법칙

# 명품가문의 법칙

박인규

행복우물

혜인이가
500년 된 문갑에서 창안한
명품 디자인처럼

명품가문의 꿈이
씨앗이 되어

500년 이상 이어져

많은 가정과 인류에
큰 기쁨과 큰 행복의
풍성한 열매를 맺기를
기도합니다

* 이 책의 일러스트는 큰 딸 혜인이가 제공했습니다.

내게 능력 주시는 자 안에서

내가 모든 것을 할 수 있느니라

_ 성경, 빌립보서 4:13

# 차
# 례

# 3장. 감사, 봉사, 사명의 법칙

**나오며**

나는 빛으로 세상에 왔나니 무릇 나를 믿는 자로
어둠에 거하지 않게 하려 함이로라.

_ 성경, 요한복음 12:40

# 명품가문의 꿈과
# 삶의 우선순위의 법칙

우리는 인생을 살면서 매 순간 선택을 해야 합니다. 특히 힘든 시절일수록 더 어려운 결정을 해야 합니다. 환경과 세상이 나에게 준 상처를 탓하고 원망하느냐, 이를 극복하기 위한 행동을 통해 상처가 아닌 '긍정의 에너지'를 만들어 내느냐의 선택을 말입니다.

나 또한 불행이 끝이 없을 것 같다고 생각했던 적이 있었습니다. 소위 쪽박가문에서 태어나 희망이 없던 시절, 부모님을 원망하면서 '왜 나에게만 이런 시련이 있을까?', '왜 나만 불행할까?'하는 의문이 꼬리에 꼬리를 물던 시절이 있었습니다.

어릴 때 아버지는 과일 파는 일을 하셨습니다. 보통 생각하는 과일가게가 아니라 리어커를 끌고 동네를 돌아다니면서 과일을 파는 '노점상'이었습니다. 그래서 나는 학창시절, 하교 길에도 빠른 길을 놔두고 일부러 돌아서 집에 갔습니다. 친구들과 함께 가다가 혹시라도 아버지와 마주칠까 두려웠습니다. 아버지와 마주치기 싫어 아버지가 다니는 길을 피해 집으로 갔습니다.

초등학교를 다닐 때에는 학급별로 '직업조사'라는 것을 했습니다. 학교에서 부모님의 직업을 조사하는 것이었는데 나는 그 조사서를 작성하는 일이 너무나 창피했습니다. 같은 반 친구들에게도 말하기 싫었던 가족에 대한 것들이 공개되는 순간이었기 때문입니다.

"아버지, 직업이 정확히 뭡니까?"

"알면서 왜?"

"직업 조사를 하는데 선생님이 정확히 쓰라고 하셨어요."

"과일가게 한다고 해라."

그렇게 아버지의 직업란에는 '과일가게'라고 표기되었고 학교에서 나는 가게의 위치가 어디인지 모르는 과일가게 아들로 통했습니다. 나도 모르게 움츠려 들던 시절이었습니다. 성격은 너무 수줍어서 같은 반 친구들 앞에서도 발표를 못했습니다. 초등학교 1학년에서 4학년까지의 학교생활기록부에는 항상 '소심함'이라고 적혀 있었습니다. 당시에는 '소심'하다는 것이 무슨 말인지도 몰랐습니다.

과일 장사는 쉬는 날이 없습니다. 영하 15도일 때에도 과일가게는 열어야 했습니다. 어린 마음에 다른 친구들에게 이야기하기 창피했습니다. 그래도 아버지께서 리어커 불법노점상 단속에 걸려 집에 들어오시면 마음 아팠습니다. 집에 가만 앉아 있어도 추운 겨울날 아버지가 두꺼운 군복을 입고 나갈 때는 가슴이 찡했고 아버지의 낡은 군화를 보면서도 나는 해 줄 수 있는 것이 아무것도 없었습니다.

대학에 들어가고 나서 돈이 필요했습니다. 그제서야 처음으로 아버지의 과일가게를 찾아갔습니다. 길바닥에 파라솔을 치고 수박을 팔아 보기로 했습니다. 그냥 팔리는 줄 알았는데 내가 20년 동안 생각했던 수박장사와는 너무 달랐습니다.

아침에 일찍 수박을 꺼내놓으면 미친 듯이 졸음이 쏟아집니다. 손님들은 오후 4시가 넘어서야 오는데 아버지는 언제나 과일을 닦고 있었습니다. 당시 대학생이었던 같은 또래 학생들이 멀쩡한 수박을 돌려 달라는 경우가 많았습니다. 내가 보기엔 멀쩡했는데 가져갔다 그냥 도로 가져와서 환불을 요구하곤 했습니다. 사실 수박 10통을 팔아야 얼마 남지 않았습니다. 속상한 감정보다는, 손님들이 내 또래 아이들이었기에 창피한 감정이 앞서 빨리 환불해 주려고 했습니다. 그럴 때 아버지는 그들의 마음을 돌리고자 낑깡이라도 먹어보라며 환불하려는 젊은 손님들을 설득하곤 했습니다.

"아버지 제발 좀 가만히 계시지, 왜 젊은 사람들에게 그런 얘기를 하세요?"

나는 다리를 꼬고 앉아 이야기 했습니다. 아버지께서 지나가는 사람들에게 뭐라도 끼워 주면서 수박을 사라고 이야기 할 때마다 "대충 좀 하세요"라고 타박도 했습니다.

내가 과일을 파는 '알바'를 시작한 지 한 달쯤 되자 비가 며칠간 계속 왔습니다. 비가 오면 수박은 아래가 젖어서 들여 놔야 합니다. 그 짓을 몇 주간 했습니다. 매일 허리 통증에 시달리고 이제는 도저히 서있지 못할 지경이 되었습니다. 수박 파는 일을 시작한 지 두 달이 되어갈 무렵, 집에 와서 누웠는데 허리가 끊어질 듯 아파왔습니다. 약을 찾으러 방을 나왔는데 아버지의 두꺼운 군화가 눈에 띄었습니다.

그런데 갑자기 눈물이 쏟아졌습니다. 아버지는 저 낡은 군화를 신고 허리가 끊어질 듯한 이 고통을 감내하며 수십 년을 매일 같이 장사를 하신 것이었습니다. 나는 그날 밤 통곡하였습니다.

그 후로 힘들 때마다 초등학교 시절 아버지의 두꺼운 군화가 머리 속에서 떠나질 않았습니다. 지난 40년동안 과일가게를 매일같이 나가시던 모습이 나에게 해주는 이야기는 단 한 가지였습니다.

그것은 바로 '절대 포기하지 말아라.' '믿는 자에게 능치 못함이 없느니라' 라는 말씀이었습니다.

불과 몇 년 전, 대기업 임원을 할 때에도 회사의 이벤트나 캠페인이 있을 때마다 앞장서서 길거리로 나갔습니다. 길거리에서 큰 소리로 지나가는 사람들에게 회사의 신용카드나 하나멤버스 어플리케이션을 설치하라며 소리치곤 했습니다.

"상무님, 들어가 쉬세요"

"재미있고 좋은데! 대박이야!"

가끔은 정말 재미있을 때도 있지만 사실은 쉬고 싶을 때가 더 많습니다. 하지만 내가 긍정적이고 밝은 모습을 보여야 직원들의 표정도 밝아지게 됩니다. 들어가서 쉬고 싶을 때, 포기하고 싶을 때마다 나는 하루 벌어 하루 먹고 사는 장사를 하시던 아버지와 성경책을 읽으시며 새벽기도를 하시는 어머니를 떠올리는 것입니다.

지금 우리가 겪는 힘든 상황도 우리 부모님들, 선조들이 겪었던 어려움에 비하면 아무것도 아니라는 생각을 해 봅니다. 저 또한 지금의 내가 되기까지 시련과 고난이 컸지만, 돌이켜 보니 쪽박 가문에서 명품가문의 꿈에 닿을 수 있었던 것은 포기하지 않는 믿음과 '삶의 우선순위의 법칙'을 품고 밀고 나갔기 때문이었습니다

저는 정말 학교에서는 부진아였고, 대학 재수, 대학원 삼수를 하고 승진도 누락되었던 사람입니다. 그랬던 제가 1600:1의 경쟁률을 뚫고 회사에서 뽑는 단 한명에 선발되어 카이스트 EMBA에 합격할 수 있었습니다.

돌이켜 보면, 이혼 직전까지 갔던 상황도 있었고, 수차례의 자살 위기도 있었습니다. 그러나 그런 위기들을 극복하고 나서 보니, 세상은 감사함과 은혜로 넘쳐났습니다. 이제는 그러한 감사와 축복의 원리를 많은 분들과 함께 공유하고 싶습니다. 처음에는 누구보다 보잘것 없고 초라하게 시작한 신당동 과일가게 아들의 인생 이야기지만, 끝까지 들어주신다면 여러분도 분명히 놀라운 기적을 체

험하시게 될 것입니다.

이 모든 기적은 '삶의 우선순위'의 법칙 덕분이었습니다. 영적 세계를 최우선으로 놓고 기도했기 때문입니다. 그랬기에 기적같은 일들이 일어날 수 있었고, 신당동 노점상 과일가게의 아들에서 증권사 임원을 거쳐 INI 하버드 경영대 최고경영자과정 교육원장까지 될 수 있었습니다. 그리고 마침내 명품가문의 꿈에 한발짝 다가설 수 있게 된 것입니다.

영적인 큰 그림을 그리는 것이 중요합니다. 먼저 그의 나라와 그의 의를 구하고 나라와 민족을 위해 기도하십시오. 삶에서 영적 지도가 그려져 있지 않으면, 결국 나머지는 무너질 수밖에 없습니다. 영적인 세계가 채워졌으면 두 번째는 가정입니다. 가정은 하나님의 나라이기 때문입니다. 그리고 세 번째는 하나님의 성전인 우리몸을 지키는 건강이며, 네 번째가 영적 사역지인 직장입니다. 그리고, 다섯 번째가 삶의 활력과 생기를 주는 취미나 여가입니다. 취미 활동은 삶을 매끄럽게 해주며 활력을 주는, 꼭 필요한 것입니다.

비유를 들어 봅시다. 만약 큰 병에 자갈, 모래, 흙, 물을 채워야 한다면, 무엇부터 채우는 것이 좋을까요? 만약, 흙과 물부터 채워 나간다면, 자갈을 채우지 못하고 병은 흙과 물로만 가득차게 될 것입니다. 자갈과 모래부터 채워야 나중에 흙과 물도 함께 채울 수 있듯이, 우리 삶도 '영-혼-육'이라는 삶의 우선 순위에 따라서 채워져 나가야 합니다.

인생에는 여러 가지 역할들이 주어집니다. 가정에서의 역할, 학교에서의 역할, 직장에서의 역할뿐만 아니라 그 밖에도 다양한 역할이 주어집니다. 그러나 대부분의 사람들은 그 우선순위를 명확하게 하지 않기 때문에, 한 가지 역할도 제대로 수행하지 못하는 경우가 발생합니다.

저는 과거에 힘든 시절이 많았지만 지금은 행복합니다. 아이들도 과거에는 산만하고 소질이 없다는 소리를 들었지만, 기도와 하나님의 은혜로 캐나다 명문대학에 합격하고 자신의 길을 가고 있습니다. 첫째 종혁이는 UBC에서 컴퓨터 사이언스를 졸업하고 글로벌 IT회사에 취직을 했고, 둘째 혜인이는 세계적인 디자인스쿨 LA 아트센터를 졸업하고 글로벌 디자인 회사에 다니고 있습니다. 얼마 전에는 미국 의사 사위와 결혼도 했습니다. 막내 진주는 UBC 마이크로 바이올로지, 컴퓨터 사이언스 전공에 진학하여 컴퓨터사이언스를 부전공하며 MIT석,박사 통합과정을 준비하며 노벨상을 목표로 공부하고 있습니다.

이 모두가 하나님의 놀라운 기적이라고 밖에 표현할 길이 없습니다. 하루는 혜인이가 장학금을 받기위해 밤을 새워가며 공부를 하다가 심장이 두근거리는 압박에 시달렸다고 고백했습니다. 그러면서 "아빠가 우리를 위해서 포기하지 않고 노력하셨기 때문에 저도 포기하지 않았어요"라고 말을 했는데, 그 말에 저는 그만 눈물이 쏟아지고 말았습니다. 그러면서 직장생활을 하면서 힘들었던 시기와 자살 직전까지 갔던 일들이 눈앞을 스쳐갔습니다. 결국 명품가문의 꿈에 다가설 수 있었던 비결은 삶의 우선순위 법칙과 말씀생활, 새벽기도, 금식기도 덕분이라는 생각이 들었습니다.

직장을 첫 번째로 두고 영적인 세계와 가정을 뒤로 둔다면 결국 가정에 문제가 생기게 됩니다. 주변에서 영적인 세계와 가정을 등한시했기 때문에 결국에는 이혼한 가정을 수도 없이 많이 보았습니다.

혹시 여러분도 직장에서 힘든 일이 있으신가요? 남편 때문에, 아내 때문에, 혹은 아이들 때문에 괴로우신 일이 있으신가요? 힘들 때마다 삶의 우선순위 법칙에 따라 기도하고 실천해 보시기 바랍니다. 삶의 우선순위 법칙에 따라 직장생활과 가정생활에 임해보세요. 영적 성장을 최우선에 두고 명품가문의 꿈을 가족들과 함께 나누고 실천해 보세요.

그러기 위해서, 이 책은 '1장. 삶의 우선 순위의 법칙', '2장. 바라봄의 법칙', '3장. 감사, 봉사, 사명의 법칙'으로 구성되어 있습니다. 각각의 법칙들을 실천하기 위해, 3C*를 키우시기 바랍니다. 3C는 실력Competence, 인격 Character, 헌신Commitment입니다.

가정이 무너지고 저출산으로 국가적 위기를 맞고 있는 시대에 여러분이 꾸는 꿈이 세계로 뻗어나가 인류에게 큰 기쁨과 행복의 열매를 맺기를 기도합니다.

2024년 8월 박인규 드림

---

*3C: 강영우 박사의 《도전과 기회 3C 혁명》에서 인용

*사진: 박인규 박사, 아내, 1남2녀와 함께한 가족사진

# 1장.

## 삶의 우선순위의
## 법칙

주 예수를 믿으라.

그리하면 너와 네 집이 구원을 받으리라

_ 성경, 사도행전 16:31

# 무속인 집안에서
# 신앙생활을 시작하다

우리 집안은 무속인 집안이었습니다. 할머니께서는 동네에서 유명하신 무당이셨습니다. 당연히 나는 어려서부터 무속과 관련된 제사라든지, 할머니께서 굿을 하는 모습을 보고 자랐습니다. 그런 우리 집안에 어머니께서 시집오셔서 예수를 믿기 시작하신 것입니다. 할머니께서는 성격이 대단하셨는데, 어머님의 성경책을 찢어버리시고 핍박을 하기 시작하셨습니다. 아버지도 교회에 나가시는 어머니를 못마땅하게 보셨고, 할머니와 함께 어머니를 핍박하고 구박하기 시작하셨습니다.

고등학교, 재수생 시절까지 할머니와 아버지께서는 어머니에게 소리를 지르고 폭력을 행사하며 내쫓기까지 했습니다. 영적 전쟁과 핍박으로 너무나도 힘든 시절이었습니다. '공부를 해야할 중요한 시기에, 왜 우리집만 종교적인 문제로 다투며 싸워서 나를 힘들게 할까'라는 생각이 들었습니다. 그럴수록 저는 교회에서 기도와 성경공부를 하며 최선을 다해 신앙생활을 했습니다. 저는 교회에 가는 것이 좋았습니다. 성경을 읽으면 힘이 났습니다. 성경 속 주인공들의 이야기를 들으면 희망이 생겼습니다.

그런 핍박 속에서도 저는 매주 교회에 나가 신앙생활을 열심히 하였고 고등학교 졸업 후, 주일학교 교사로 봉사를 했습니다. 당시 저는 대학을 낙방해 재수를 하고 있는 재수생 신분이었습니다. 그 힘든 시절에 재수생이었던 저에게 주일학교 아이들이 '선생님'이라고 불러주었습니다. 같은 주일학교 선생 중 동갑인 친구는 연세대 영문학과 학생이었고 나는 재수생인데, 아이들은 나에게도 '선생님'이라고 부르는 것이었습니다.

"애들아, 나 재수생이야……"

아마 아이들도 알고 있었을 텐데, 그럼에도 불구하고 아이들은 나를 선생님이라고 불러줬습니다. 그 말 한마디에 뭔가 힘이 났습니다. 비전을 갖게 되었고 아버지와 할머니의 핍박 속에서도 신앙을 꾸준히 유지할 수 있었습니다. 그렇게 다져진 신앙은 어려울 때마다 항상 삶의 나침반이 되어주었습니다.

그리고 제가 직장생활을 할 때 즈음, 할머니와 아버지의 심경에도 변화가 생겼습니다. 마침내 핍박 10년 만에 교회에 다녀도 된다고 허락하신 것이었습니다. 신앙으로 인해서 가족간 갈등이 사라지니 너무나 감사했습니다.

그때 즈음, 조용기 목사님의 주일 설교인 '삶의 우선순위의 법칙'에 관해 듣게 되었고, 우선순위에 따라 생활하려고 노력했습니다. 저 역시도 나약한 인간이기에 신앙의 위기도 있었고, 직장생활의 위기도 가정의 위기도 찾아왔습니다. 그럴 때마다 저는 다음 다섯 가지의 순서를 염두에 두고 기도했습니다.

① **먼저 그의 나라와 그의 의를 위해 기도하라**
② **가정을 위해 기도하라**
③ **건강을 위해 기도하라**
④ **직장을 위해 기도하라**
⑤ **기타 취미 생활을 위해 기도하라**

이 글을 읽는 모든 분들이 삶의 우선순위의 법칙에 따라 삶을 살아갈 때, 비로소 진정한 행복을 찾고 가정과 직장에서 모든 일이 잘 풀려 이땅에 아름다운 하나님의 나라를 건설할 수 있다는 사실을 기억하셨으면 합니다.

아이들을 캐나다와 미국으로 유학보낸 후, 혹자는 제가 기러기 아빠라서 외롭지 않았느냐고 묻곤 합니다. 그러나 저는 외로울 틈이 없었습니다. 삶의 우선 순위의 법칙에 따라 기도하며 열심히 생활했기 때문입니다. 많은 경우 직장만을 우선시 하는 사람들은 가정이 무너져 힘들어 합니다.

시련과 고통은 누구에게나 옵니다. 시련을 극복하는 방법은 '삶의 우선순위 법칙'에 따라 기도하고 행동하는 것입니다. 그리고 3C를 키우십시오. 어디에 있든, 실력Competence, 인격Character, 헌신Commitment의 마음가짐으로'삶의 우선순위의 법칙'과 함께 한다면, 그 어떤 역경과 고난도 극복하고 명품가문의 꿈을 이루게 될 것입니다.

# 자녀에게 주는
# 절대적인 믿음

종종 주변에서 저에게 자녀교육을 어떻게 시켜야 좋냐며 물어오는 경우가 있습니다. 그럴때마다 저는 첫 번째로 '자녀에게 절대적이고 긍정적인 믿음을 주라'면서, 특히 '칭찬을 자주 해주라'고 이야기를 합니다.

종혁이와 혜인이가 학교에서 산만하다고 꾸지람을 듣고 와도 나는 아이들에게 용기를 주었습니다. 세상에 모든 사람들이 꾸짖거나 비난해도 부모마저 그러면 안된다고 생각했기 때문입니다. 아이들에게 부모는 용기와 희망을 줄 수 있는 존재여야 합니다.

두 번째로, 아이들의 자존감을 높여줘여 합니다. 종혁이가 수학시험을 망치고 와도, 종혁아 '너는 아시아의 빌

게이츠야'라고 말을 해줬고, 혜인이가 미술에 소질이 없다는 소리를 듣고 와도, '너는 한국의 피카소야'라고 격려해 주었습니다. 또 진주에게는 '너는 한국의 슈바이처야'라는 말로 용기를 주었습니다. 그리고 그렇게 되게 해달라고 매일 새벽 큰 소리로 기도를 했습니다. 아이들이 그 기도를 듣고 안 듣고는 중요하지 않았습니다. 성적이 어떠했는지도 중요하지 않았습니다. 아이들이 따라와도 안 따라와도 중요하지 않았습니다.

부모는 아이들에게 절대적인 신뢰를 줘야합니다. 그럴 때 아이들은 변화하기 시작합니다. 아이들이 변화하고 자신의 재능을 발견하길 원한다면, 그들에게 절대적인 신뢰를 주세요. 그럴 때 아이들이 용기와 꿈을 갖고 100배, 1,000배 성장할 수 있습니다. 지금도 나는 아이들이 크게 변화할 수 있었던 것은 바로 '기도의 힘'과 '칭찬의 힘'이라고 생각합니다.

칭찬을 듣고 자란 자녀는 자신감과 자존감을 갖고 노력하게 됩니다. 그러므로 자녀들의 능력에 한계를 짓는 말을 삼가야 합니다. 우리 자녀들의 한계는 그 누구도 알 수 없습니다. 부모의 역할은 자녀의 무한한 가능성을 키울 수 있게 묵묵히 도와주는 것입니다. 그러다보면 어느 순

간 자녀들이 스스로 자신이 진정 원하는 것이 무엇인지,
잘 할 수 있는 일이 무엇인지, 삶의 우선순위와 방향을 찾
게 됩니다.

삶의 목적은 자기계발이다.
자신의 본성을 완벽하게 실현하는 것, 바로 그 목적을
위해 우리 모두가 지금 여기 존재한다.

The aim of life is self-development. To realize one's
nature perfectly - that is what each of us is here for.

· 오스카 와일드 Oscar Wilde ·

하나님이 말씀하시기를
말세에 내가 내 영을 모든 육체에 부어 주리니
너희의 자녀들은 예언할 것이요
너희의 젊은이들은 환상을 보고
너희의 늙은이들은 꿈을 꾸리라.

_ 성경, 사도행전 2:17

# 큰 그림을 그리는 교육

앞서 강조했던 3C(실력, 인격, 헌신) 중 인격형성은 어린시절부터 시작됩니다. 인격 형성은 가정에서 90%가 이루어지며, 학교에서는 실력을 쌓는 것입니다. 그래서 저는 언제나 가정에서의 조기교육을 강조합니다.

암기식 교육은 창의성을 무너뜨리기 때문에, 저는 창의력 향상을 위해 독서, 특히 고전읽기를 권했습니다. 디지털 시대일수록 고전읽기는 더욱 중요합니다. 인격을 함양시켜주는 고전과 더불어 아이들에게 언제나 큰 그림을 그려주었습니다.

일례로, 나는 아이들에게 '너희 집은 신당동이야.'라고 말하는 대신, '우주 → 지구 → 대한민국 → 한국 → 서울

→ 신당동이 있다'라는 식으로 이야기 해주었습니다. 즉, 아이들이 습관적으로 보다 넓고 큰 세계를 생각하도록 했던 것입니다.

우주에서부터 시작하는 이유는 '영적세계'를 알게 하기 위함이었습니다. 우리는 3차원의 세계에 살고 있지만, 실은 그보다 더 넓은 4차원의 영적세계가 있습니다. 우리 모두는 물질 세계보다 큰 영적세계를 알아야합니다. 그러지 못하면 평생을 작게 살다 죽게 되는 것입니다. 많은 이들이 뼈 빠지게 일을 하고 돈을 벌며 살다가, 죽기전에 이런 말을 합니다.

"한평생 돈만 따라다녔다."

삶의 우선순위의 법칙에 따라 살아야 할 이유는 후회 없는 인생을 살기 위함입니다. 부모가 삶에 어떤것에 우선순위를 놓고 사느냐는, 본인뿐만이 아니라 자녀들의 인생에도 지대한 영향을 끼치게 됩니다.

*

제가 아는 자산가 중에, 1,000억 원이 넘는 자산을 갖고 계신 분이 계십니다. 어느날 그분이 저에게 찾아와 우울증을 고백하셨습니다. '돈은 많이 벌었지만 행복하지 않다. 하기 싫은 일을 하면서 죽을 날만 기다리는 것 같다'는 그분의 고백에 저는 깜짝 놀랐습니다. 그분 말씀이, 자신이 가장 힘든 것이 자식들 재산 싸움과 토지세, 재산세와 씨름하는 것이라고 하셨습니다. 그러면서 좋아하는 일을 열심히 하며 살아가는 사람들을 보면 너무 부럽다고 말씀하셨습니다. 다음은 당시 그분과 저와의 대화내용입니다.

"그러면, 다시 태어나시면 무엇을 하시겠습니까?"
"내가 좋아하는 일을 해야지."
"좋아하는 일이 뭔데요?"
"내가 꽃을 좋아하기 때문에 꽃과 관련된 일을 하고 싶어. 아시아 최대 수목원을 만들었으면 많은 사람들을 이롭게 할 수 있을 텐데 말이야. 지금은 나이도 많고 무엇보다 많은 땅이 있지만 보기에만 내 땅이지 머리가 너무 아파. 사업과 관련된 분쟁이 있고, 자식들도 다퉈서 편히 눈을 감을 수가 없네. 박 대리, 정말로 당신이 좋아하는 일을 해. 그래야 후회없는 인생을 살게 될거야."

그 자산가는 돈만 좇다가 꿈을 이루지 못한 것을 후회

하고 계셨습니다. 우리는 자녀들에게 어떤 유산을 물려주어야 할까요? 저는 그 무엇보다, '후회없는 인생'을 사는 방법을 알려주어야 한다고 생각합니다. 돈도 중요하지만 좋아하는 일을 하면서 꿈을 위해 노력할 수 있는 그런 유산을 물려주어야 할 것입니다.

# 좋아하는 일을
# 찾아서

　사람은 좋아하는 일을 할 때 행복합니다. 꿈을 이루어
나갈 때 행복을 느끼게 됩니다. 그런데 여기서 '꿈'은 다
른 누군가의 뜻에 따라 이리 저리 휘둘리는 내가 아닌, 온
전히 자신의 의지대로 자신이 좋아하는것을 추구하는 행
위입니다. 아이들이 잘 할 수 있는 것, 좋아하는 것을 찾
아주기 위해서 부모는 부모의 입장만을 강요하면 안됩니
다. 그리고 열린 사고로 세상을 바라보아야 합니다. '돈'이
라는 가치에 함몰되면 안됩니다. 부모는 아이들이 자신을
꾸준히 성장시킬 수 있도록, 그 옆에서 조력자가 되어야
합니다. 꿈이 없고 꿈을 위해 노력하는 삶이 없다면 인생
이 무의미해지는 법입니다. 다음의 이야기를 통해, 부모로

서 아이들에게 어떠한 가치를 알려줘야 하는지 생각해 봅시다.

---

어느 날 거지가 동냥을 하고 있었습니다. 불평불만에 가득 찬 그는 외쳤습니다.
"하나님, 내 인생은 왜 거지입니까? 기회가 있었다면 거지가 안 되었을 것입니다."
하나님께서는 '그렇다면 소원을 이야기해 봐라'고 응답해 주셨습니다. 거지는 세 가지의 소원을 이야기했습니다.

**첫 번째 소원** 양철 깡통이 녹이 안 쓸게 해주세요.
→ 하나님은 스테인리스 깡통으로 바꿔줬습니다.

**두 번째 소원** 깡통이 식지 않게 해주세요.
→ 하나님은 보온 깡통으로 바꿔줬습니다.

**세 번째 소원** 세상에서 가장 비싼 깡통을 주세요.
→ 하나님은 금 깡통으로 바꿔줬습니다.

---

결국 거지는 평생 깡통만 바꾸고 인생을 마감했습니다. 이 이야기는 아주 간단한 비유로 구성된 예화지만, 조용히 주변을 둘러보면, 많은 사람들이 거지처럼 깡통만 바꾸다가 인생을 마감하게 됩니다.

한 가지 가치에 매몰되어 인생을 헛되이 살지 않기 위해서는 꿈과 목표를 명확하게 정해야 합니다. 그 꿈과 목표는 삶의 의미와 방향, 사명을 찾을 수 있는 것이어야 합니다. 어떤 일이 인생에서 의미 있는 일인지 생각해 보아야 합니다.

정말 성공하고 인생을 즐겁게 사는 부자들은 부모님께 물려받은 자산을 지키며 원하지 않는 일을 하고 사는 사람들이 아닙니다. 어렵게 성장했지만 꿈이 있고 자신이 진정으로 좋아하는 일을 하면서 꿈을 찾을 때 돈은 따라오게 되어있습니다. 그 가치를 아이들에게 알려주어야 합니다.

자녀들이 세상의 가치에 매몰되어 인생을 헛되이 살지 않도록 어려서부터 꿈과 목표를 명확하게 설정할 수 있도록 도와주세요.

스티브 잡스는 1995년 스미소니언과의 인터뷰에서 다음과 같은 말을 남겼습니다.

"자신이 정말로 좋아하는 일을 찾기 전에는 본격적으로 사업을 벌이지 마십시오. 일단 비즈니스를 시작하면 엄청나게 많은 시간과 에너지를 들여야 하기 때문입니다. 저는 성공한 기업가와 그렇지 못한 기업가를 나누는 기준은 '열정'과 '인내력'이라고 생각합니다.

하나의 사업체를 이끌어 가는 것은 무척이나 고된 일입니다. 성공을 위해 인생의 많은 부분을 희생시킬 수도 있습니다. 그 과정에서 대다수의 사람들이 '포기'를 선택합니다. 그렇다고 그들을 비난할 생각은 추호도 없습니다. 왜냐하면 나 자신이 그 고통을 너무나도 잘 알고 있기 때문입니다. 특히 가족을 부양해야 하는 상황에서 새로운 비즈니스를 시작했다면 그 고통은 두 배, 세 배로 커질 것입니다. 아마도 얼마 동안은 매일 열여덟 시간 이상씩 일해야 될지도 모릅니다.

이런 상황에서 일에 대한 충분한 열정이 없다면 중간에서 포기하기 십상이지요. 뜨거운 열정과 인내력이 무엇보다도 중요한 이유가 여기 있습니다. 열정이 없으면 끝까지 버틸 수 없습니다. 목표의 달성 여부를 판가름 하는 열쇠는 바로 열정과 인내력입니다."

# '코이'를 거울 삼아
# 목표를 설정하라


'코이'라는 물고기가 있습니다. 코이는 어항에 놓으면 20~30cm밖에 자라지 않습니다. 그런데 1m정도의 수족관에 넣게 되면 60cm까지 자라나게 됩니다. 강물에 넣으면 1m 30cm까지 자라게 됩니다.

이런 차이가 생기는 이유가 뭘까요? 어항에 사는 코이는 자신을 둘러싼 모든 세계가 어항이라고 생각했을 테고, 수족관에 사는 물고기는 수족관이 모든 세계라고 생각했을 것입니다.

큰 물고기가 된 코이가 특별히 유전자가 좋거나 다르게 태어났기 때문이 아닙니다. 환경에 따라 피라미가 되기도 하고 대어가 되기도 하는 것입니다. 사람도 마찬가지입니다. 사람도 자신이 스스로 행복하고 싶다고 꿈꾸는 범위만큼 꿈을 키우다가 죽습니다. 그래서 많은 위인들이 크게 꿈꾸고 넓은 곳으로 가라고 이야기 하는 것입니다.

힘들 때 저는 아침 마다 성경을 읽고 새벽기도와 명상을 하면서 '나는 세계지도 위에 한 점이지만 역사의 주인공이 될 것이다'라고 다짐합니다. 아무도 알아주지 않을 때 기도하고 스스로에게 이야기 합니다. '넌 소중한 존재야', '지금 이렇게 시작하지만 언젠가는 좋은 영향을 끼칠꺼야.' 힘든 시기를 극복하는 출발점은 바로 자기 자신을 사랑해야 하는 것에서 부터입니다.

힘든 시간, 괴로운 일이 있어도 고통은 짧습니다. 하지만 그것을 극복하고 난 후 오는 기쁨과 영광은 달고 오래 갑니다.

한 목사님이 말씀하시기를 "작은 꿈은 꿈이 아니다. 그냥 사람들이 원하는 것이다."라고 하셨습니다. '운전면허를 따겠다'는 선언은 웬만하면 이루어 질 수 있는 것입니다. 기왕이면 쉽게 이루지 못할 큰 꿈을 꾸어야 합니다. 여의도 순복음 교회는 세계 최대의 교회를 꿈꾸었기 때문에 현재 80만 성도의, 단일 교회로는 가장 많은 성도수를 자랑하는 교회가 된 것입니다.

대학원 삼수생이었던 제가 어떻게 INI* 하버드 경영대 최고위과정 교육원장까지 될 수 있었을까요. 단지 회사에서의 승진만을 꿈꿨다면 불가능했을 것입니다. 모든 것은 하나님의 은혜입니다. 큰 꿈이 나를 이끌고 있었기 때문에 지금의 제가 있을 수 있었습니다.

아직도 저는 꿈을 꿉니다. 삶의 우선순위의 법칙에 따라 그의 나라와 그의 의를 추구하며, 남북통일에 도움을 주고자 하는 목표를 세우고, 한류대학을 설립하겠다는 꿈을 꿉니다. 그러다보니 다양한 경험을 시도하게 되었고, 힘들어도 포기할 수 없는 사명을 갖게되었습니다.

크고 깊게, 그리고 넓게 꿈을 가져야 합니다. 안되더라도 꿈을 안 꾸었던 것 이상은 이루게 됩니다. 높게 꾸어야 합니다. 입으로 시인하면, 온몸과 육체와 우주가 그것을 향해 움직이게 됩니다. 그리고 마침내 이루어지게 됩니다. 저는 많이 체험했습니다. 꿈을 나눌수록 자신의 꿈은 점점 더 커지게 됩니다.

꿈을 꾸며 목표를 세워 정진해 나갈 때, 중요한 팁이 있습니다. 그것은 '씨앗 뿌리기'입니다.

탁월한 사람들은 씨앗을 3개를 뿌려 2개 이상 거둡니다. 보통의 사람들이 2개 이상의 결과를 거두려면 씨앗을

---

*Insight Nexus Institute

43

20~30개 이상 뿌려야 합니다. 그런데 성경을 읽고 100개의 씨앗을 뿌리니까 20~30개를 거두었습니다. 그러다 보니 "박 원장은 정말 대단해. 어디서 그런 에너지가 나오지?" 탁월한 사람들조차 저를 칭찬하기 시작했습니다. 성과를 내려면 지속적으로 많은 씨앗을 뿌려야 합니다.

씨앗이란 무엇일까요? 바로 노력, 꿈, 독서, 상상, 물질, 시간, 긍정적인 언행입니다. 저는 절대 부정적이지 않습니다. 그래서 긍정적인 마인드로 살기로 결심한 이후 슬럼프가 없고, 힘든 일도 금세 극복해 낼 수 있는 능력이 생겼습니다.

100배의 노력을 위해서 100배의 넓고 큰 세계를 상상해 보세요. 그리고 가족들 아이들과 그 상상을 공유하세요. 아이들도 당신과 함께 성장하고, 당신 또한 아이들을 보며 성장하게 될 것입니다.

새 계명을 너희에게 주노니 서로 사랑하라,

내가 너희를 사랑한 것같이

너희도 서로 사랑하라

너희가 서로 사랑하면 이로써 모든 사람이

너희가 내 제자인 줄 알리라.

_ 성경, 요한복음 13:34-35

# 가능성을 믿어주면
# 현실이 된다

가능성을 믿어주면 그 기대에 부응하는 결과가 일어난다는 이론이 있습니다. 바로 '피그말리온 효과Pygmalion Effect'입니다. 피그말리온은 그리스 신화에 나오는 조각가의 이름인데 그 대략적인 내용은 다음과 같습니다.

키프로스의 조각가 피그말리온은 여성을 혐오하는 사람이었습니다. 그는 평생을 독신으로 지내던 중 한 번은 상아로 여인상을 조각했는데 그 작품이 너무나도 완벽해서 그만 자신의 조각품과 사랑에 빠지고 말았습니다. 그는 날마다 그 조각품을 정성들여 목욕시켜준 후 옷을 입히고 손가락에는 보석 반지를 끼워주고 목에는 진주 목걸

이를 걸어주었습니다. 마치 살아있는 애인을 다루듯 하면서 온갖 정성을 다하여 그 조각품을 보살폈습니다.

아프로디테 제전에서 자기의 임무를 훌륭히 끝낸 피그말리온은 제단 앞에서 간절히 기도했습니다.

"아프로디테 여신이시여, 저 상아 처녀를 제 아내로 점지해 주소서. 이렇게 간절히 기도합니다."

피그말리온의 정성에 감복한 아프로디테는 그의 소원을 들어주기로 했습니다. 피그말리온이 집으로 돌아와 소파에 뉘어져 있는 조각품을 보자 그 몸에 생기가 도는 것 같아 보였습니다. 손을 만져보니 손에서 따듯한 온기가 느껴졌습니다. 피그말리온이 자신의 입술을 살며시 처녀의 입술에 갖다 대자 처녀는 수줍은 듯 얼굴을 살짝 붉히는 것이었습니다!

버나드 쇼(Bernard Shaw)는 이 신화에서 힌트를 얻어 1913년, 교육을 통해 인간을 변화시킬 수 있다는 주제를 다룬 희곡 《피그말리온》을 발표했습니다. 이 희곡은 독신주의 언어학자 헨리 히긴스 교수가 빈민가의 꽃 파는 소녀를 언어교정을 통해 6개월 내에 귀부인으로 만들 수 있다고 친구와 내기를 하면서 결국 그녀와 사랑에 빠지게 된다는 이야기입니다.

희곡 '피그말리온'을 영화로 만든 《마이 페어 레이디》에서 주인공 일라이자는 이렇게 말합니다.

"피거링 대령님이 아니었다면 저는 예의가 무엇인지 몰랐을 거예요. 그분은 저를 꽃 파는 아가씨 이상으로 대해 주셨지요. 히긴스 교수님에게는 저는 평생 꽃 파는 아가씨일 수밖에 없지만, 피거링 대령님에게 만은 아름답고 예의바른 숙녀랍니다."

이 피그말리온 효과를 입증하는 사례들은 무수히 많이 있습니다. 그중 가장 유명한 것이 하버드 대학교의 심리학과 교수인 로젠탈 박사와 초등학교 교장 제이콥슨 박사가 공동으로 수행한 연구입니다. 그들은 빈민들이 많이 거주하는 미국의 오크 초등학교 교사와 학생들을 대상으로 이 실험을 하여 그 이론이 사실임을 입증했습니다.

학년 초 담임교사들에게 몇 명의 학생 명단을 주면서, '이 아이들은 여러 가지 심리검사에서 잠재력이 매우 뛰어난 아이들임이 확인되었다'고 알려주었습니다. 그리고 '이 사실을 학생들이나 학부모에게 절대로 알리지 말라'고 신신당부했습니다.

그러나 이 아이들은 심리검사나 성적과는 아무런 상관이 없이 무작위로 추출된 아이들이었습니다. 그리고 1년 후에 학생들의 성적과 행동을 평가했습니다. 평가 결과, 1학년의 경우, 잠재력이 뛰어난 것으로 기대되었던 아이들은 IQ가 무려 24점이나 올랐으며, 다른 아이들에 비해 학교생활 전반의 변화가 훨씬 두드러졌습니다. 기대 집단의 아이들과 비교집단의 아이들은 원래 아무런 차이가 나지 않는데 어떻게 이런 결과가 나타날 수 있었을까요?

**첫째,** 교사들은 잠재력이 있다고 기대되는 아이들에게 더 많은 관심을 기울이게 된다는 것이었습니다. 그리고 이런 교사의 태도는 의식적이든 무의식적이든 목소리, 표정, 몸짓을 통해 학생들에게 전달됩니다.

**둘째,** 교사들로부터 알게 모르게 받게 되는 관심과 배려는 학생들의 태도를 긍정적으로 변화시키고 학습동기를 유발합니다. 결과적으로 학생들은 교사들의 기대에 부응하기 위해서 더 많은 노력을 기울입니다.

**셋째,** 학생들이 더 많은 노력을 하게 되면 자연히 성적이 오르게 되고, 학생들의 성적이 오르니까 교사들은 자신들의 믿음이 옳았다는 사실을 확인하게 됩니다. 교사들은 학생들에게 더 많은 기대를 하게 되고, 그 기대는 또다시 학생들에게 고스란히 전달됩니다.

　로젠탈 박사와 제이콥슨 박사는 자신들의 실험결과를 이렇게 요약하고 있습니다.

　"교사가 우수한 학생이라는 기대를 가지고 가르치면 그 학생은 정말 우수하게 될 확률이 아주 높다. 교사는 마음으로 아이들을 조각하는 교실 안의 피그말리온이다."

　여기서 저는 이런 제안을 하고 싶습니다. 이 피그말리온 효과를 우리들 자신에게 직접 적용해 보면 어떨까요? 우리들 자신이 교사가 되고 우리들 자신이 학생이 되어보는 것입니다. 자신에게 스스로 교사가 되어서 '너는 다른 아이들보다 더 뛰어나다. 너의 잠재력은 무궁무진하다.' 이렇게 속삭이는 것입니다. 그리고 이번에는 자신이 스스로 학생이 되어서 '나는 다른 아이들보다 뛰어나다. 나의 잠재력은 무궁무진하다.' 이렇게 받아들이는 것입니다.

# 자녀들이 보고 배우는
# 독서의 힘

3C 중, '실력'을 키우기 위해 가장 기본이 되는 것은 독서입니다. 독서의 역량을 키우는 데에는 다양한 방법이 있겠지만, 저는 좋은 책 몇 권을 여러번 읽습니다. 정말 좋은 책이라고 생각되면 한두 번이 아니라, 수십 번에서 수백 번 읽습니다. 저는 강영우 박사의 《우리가 오르지 못할 산은 없다》를 50번 읽었습니다. 책이 너무 닳아서 찢어졌고, 그래서 다시 샀고, 또 닳도록 읽다가, 또 찢어져서 다시 샀습니다. 그렇게 10권을 샀습니다. '어떻게 맹인이 박사까지 할 수 있을까? 나도 도전해야겠다'는 생각이 들었고, '나도 할 수 있다'는 용기를 이 책을 통해 얻었습니다.

강영우 박사의 책과 함께, 성경은 단연 내가 가장 사랑하는 책입니다. 하나님의 말씀으로 쓰여진 성경은 읽을때마다 새롭고 영적 강건함과 세상을 살아나가는 지혜를 줍니다. 성경도 역시 하도 많이 읽어서 가죽이 너덜너덜해졌고, 지금까지 10여 차례 다시 구매했습니다. 아이들은 저의 그런 모습을 보고 독서를 하기 시작했고, 우리 가정은 변화되기 시작했습니다.

그런데 저도 처음부터 독서에 습관을 들인 것은 아닙니다. 아이러니하게도 제게 독서의 습관을 만들어 주고 우리 가정을 독서의 가정으로 만들어 준 것은, 아내의 '이혼하자'는 말이었습니다.

창피한 일이지만, 사실 우리 집안은 '콩가루 집안'이었습니다. 직장생활을 하기 시작했던 초기 시절, 우리 가정의 일상을 생각해 보면 정말 끔찍합니다. 대학생 시절까지 유지했던 신앙이 직장생활을 시작하고는 조금씩 무너지고 있었고, 가장인 나는 퇴근해서 집에 오면 매일 텔레비전만 봤습니다. 가족간의 대화는 찾아볼 수가 없었고 집에 오면 회사에서 받은 스트레스를 텔레비전 보는 것으로 풀었습니다.

대화가 없고 서로 서먹하다 보니 가족간의 관계가 금이 가기 시작했습니다. 집에 와서도 온전한 휴식을 취할 수 없고 불편한 마음이 있으니 출근할 때부터 기분이 좋지 않았고 피곤했습니다. 피로가 누적되고 스트레스가 쌓여가는 악순환이 반복되었습니다.

어느 날 집사람이 '이혼하자'고 했습니다. 그냥 홧김에 한 소리인 줄 알았는데 그게 아니었습니다. '나는 열심히 산다고 돈을 벌고 회사에서 밤낮으로 뛰어다녔는데 뭐가 잘못된 것일까?!'

아내의 말을 들어보니 가장인 내가 가정에 신경을 너무 안쓴다는 것이었습니다. 아내는 아이 셋을 혼자 키우느라고 카드를 돌려 막기까지 하는 지경인데 나는 가정과 아이들에게 무관심하다는 것이었습니다. 어떻게 회복해야 할지 방법을 몰랐습니다.

늦게까지 텔레비전을 보고 아침에 겨우 일어나서 회사에 힘들게 출근하고 피로가 누적되니 회사도 가정도 신경을 제대로 못쓰고 살았습니다.

아내의 말을 듣고 저녁에 아이들의 모습을 살펴보았습니다. 아이들이 턱을 받치고 텔레비전을 보고 있는 뒷모습이 나의 모습과 똑같았습니다. 아이들이 이렇게 생각없이 텔레비전을 보다가는 주말에는 불륜드라마까지도 볼 것 같았습니다.

일단 저부터 생각과 태도를 바꿔 본보기가 되어야 할 것 같았습니다. 가장 먼저 5시에 기상하고 성경 말씀을 읽고 기도하고 명상을 하기 시작했습니다. 그리고 체력을 기르기 위해 매일 아침에 윗몸일으키기를 100개씩 했습니다. 기존의 나쁜 습관을 다 끊어 버렸습니다. 얼마 동안을 계속 하자 아침형 인간으로 완전히 바뀌었습니다.

텔레비전은 전원을 뽑고 아예 팔아버렸습니다. 그 시간에 대화와 독서를 하기로 마음먹었습니다. 그리고 가족간에 대화와 친근감을 갖기 위해 가족 예배를 드리며 '뽀뽀게임'을 생각해 냈습니다. 가위바위보에서 이긴 사람이 제일 먼저 '사랑합니다'라고 말하면서 뽀뽀를 해주는 것입니다. 처음에는 모두 쑥쓰러워서 아무도 뽀뽀게임을 하지 않았습니다. 그래서 나 혼자 했습니다. '자기야 사랑해!' '진주야, 종혁아, 해인아! 사랑한다!' 이렇게 혼자 3개월을 하니 모두가 따라했습니다. 6개월 하니깐 가족들간에 말로 표현할 수 없는 친밀감이 생겼습니다. 사랑한다고 이야기를 하고 나니 마음속에서 사랑과 기쁨, 감사의 마음이 생겨났습니다. 그리고 '삶의 우선순위의 법칙'의 두 번째인 가정의 중요성을 다시 한번 깨닫게 되었습니다.

가족끼리 모여서 장기 자랑도 하고 대화도 하게 되니

행복했습니다. 그리고 일주일에 한 번씩 가정예배를 드렸습니다. 서로의 고민을 들어보고 조언을 해주고 기도도 해주었습니다. 그 이전까지 아내가 가장 많이 했던 이야기가 '힘들어 죽겠다'였는데 이제부터 '힘들어도 살만하다'고 언어 또한 바꾸기로 했습니다.

그때부터 책을 읽기 시작했습니다. 10,000권의 책을 읽겠다는 목표를 세우고 도전했습니다. 책을 자주 안 읽던 사람이 갑자기 독서를 하려니 쉽지 않았습니다. 책이 안 읽혔습니다. 그래서 목표한 분량까지 읽을 때까지 책상에 앉아 있었습니다. 잠들더라도 책상에 누워서 잠들었습니다. 침대 옆에도 항상 책이 있었습니다. 그렇게 5년 동안 책 위에서 잤습니다. 5년이 지나자 비로소 집안 분위기가 '화목하다'는 느낌이 들었습니다. 이제 가정에 돌아오면 마음이 편안해졌습니다. 가족들 간에 대화를 많이 하고 독서를 할 수 있는 분위기가 형성되었습니다. 그러다 보니 회사 일도 더 잘되고 집중할 수 있었습니다. 회사의 성과 또한 좋아지니 가정에도 더 신경 쓸 수 있는 선순환이 일어났습니다. 잘못된 습관을 바꾸는데 5년의 시간이 걸렸고, 그것은 결코 쉽지 않은 여정이었습니다.

환경이 중요합니다. 그 시작은 가정에 있습니다. 가정

에서 온전한 휴식을 취하고 행복의 에너지를 충전할 수 있을 때 자신의 일에 집중할 수 있습니다.

우리는 외모를 가꾸듯이 주변 환경을, 특히 가정 환경을 아름답게 가꾸어야 합니다. 마치 꽃밭에 물을 주듯이 관심과 사랑을 꾸준히 가정에 쏟아야 합니다. 그러면 꽃이 피고 열매가 열립니다. 회사 일과 사업, 공부에 더 집중할 수 있게 됩니다.

그리고 습관을 변화시켜야 합니다. 남는 시간에 무의식적으로 텔레비전을 켜고 시간을 보내면 남는게 없습니다. 이에 비해 책에는 인류의 지혜가 녹아있습니다. 처음 습관을 들이기가 어렵지 일단 한번 습관이 들면 삶의 풍성한 지혜와 통찰력을 얻게 됩니다.

처음 텔레비전을 팔아버렸을 때 세상에 뒤쳐지지 않을까라는 걱정도 했지만 결과는 전혀 그렇지 않았습니다. 오히려 독서를 통해 더 아는 것이 많아지고 세상 돌아가는 것을 빠르게 파악할 수 있습니다. 유행이나 트렌드도 사회생활 속에서 사람들과 대화를 하다 보면 자연스럽게 터득하게 됩니다. 모르는 것들은 그때 그때 인터넷을 찾아보면 됩니다. 텔레비전을 보는 시간을 생산적인 시간으로 활용하는 것만으로 인생에 귀중한 시간을 회복하고 앞서 나갈 수 있습니다.

\*

　나폴레옹은 책읽기에 거의 광신자 정도의 열의를 보였
다고 합니다. 학자들에 의하면 그는 평생에 8,000권 정도
의 책을 읽은 것으로 알려지고 있습니다. 오죽 책을 좋아
했으면 이집트 원정길에도 책을 실은 마차가 뒤따랐다고
합니다. 지금부터 약 200년 전이라면 요즘처럼 책이 흔하
지 않았던 때이고 또 대부분의 책이 양피지나 두꺼운 파
피루스로 만들어졌기 때문에 책의 부피 또한 엄청났을 것
임에 분명합니다.
　나폴레옹이 생전에 중국에 했다는 말, 단 두 마디만 들
어보면 그의 통찰력의 깊이를 짐작할 수 있을 것입니다.
　"여기 거인이 잠들어 있으니 그대로 내버려 두라. 그가
깨어나는 날, 전 세계가 놀랄 것이니까."
　이 말은 그가 1803년에 했다고 전해집니다. 그해라면
영국과 전쟁을 벌이고 있을 때였으며, 황제에 즉위하기 1
년 전의 일입니다. 그는 또 워털루 전투에서 패배하여 세인
트헬레나 섬에 유배된 후 이런 말을 남겼다고 전해집니다.

"중국이 잠에서 깨어나는 날, 전 세계가 벌벌 떨 것이다."

나폴레옹은 생전에 중국 땅을 밟아 본 일이 없습니다. 그런 그가 어쩌면 이렇게도 정확하게 200년 후의 일을 예측해 낼 수 있었을까요? 그 해답은 아무래도 그의 '엄청난 양의 독서습관'에서 찾아야 할 것입니다.

삼성그룹의 창업주인 이병철 회장 역시도 엄청난 독서가였습니다. 어린 시절부터 지켜온 그의 독서습관은 그의 마지막 날까지 이어졌습니다. 그가 가장 즐겨 읽었던 책은 다름 아닌 《논어》였습니다. 이병철 회장은 공자와 그의 제자들의 대담을 간접적으로 경험하면서 기업을 경영하는 지혜, 더 크게는 세상을 살아가는 지혜를 구했던 것입니다. 논어와 같은 고전과 함께 그가 가장 즐겨 읽었던 또 다른 장르는 다름 아닌 소설이었습니다. 그는 소설을 통하여 사람과 사람과의 관계를 파악하고 그 지식을 기업경영에 활용하려고 했던 것입니다. 이병철 회장이 임원들에게 자주 했다는 이야기를 다시 들어봅시다.

"인간은 아무리 정상이라고 해도 선과 악, 합리와 불합리, 본능과 이성을 겸비하고 살아간다네. 아무리 선량한 사람이라도 어느 순간엔가는 악의 유혹을 끊을 수 없고, 반대로 아무리 사악한 사람이라도 어느 날 갑자기 선량해

질 수 있다는 말이지. 그런 경험을 간접적으로 해보기에는 소설만한 게 없지."

선친의 습관은 그대로 2세, 3세에게 이어집니다. 이건희 회장 역시도 다독가이며 그의 딸 이부진 호텔신라 대표도 집무실을 '작은 도서관'이라고 부를 정도로 책으로 가득 채워 놓았습니다.

동서고금을 막론하고 CEO든 국가지도자든 성공한 사람들의 공통된 특징 중 하나는 다독가(多讀家)임을 기억하세요. 그리고 그 힘은 후대로까지 그대로 이어집니다.

정주영 현대그룹 창업자나 링컨 대통령의 경우처럼 정규교육을 거의 받지 않았어도 당대에 그렇게도 엄청난 일을 해 내고 후대에 길이길이 추모를 받게 된 원동력은 다름 아닌 독서의 덕택입니다.

손정의 회장은 엄청난 책벌레였습니다. 재일동포 사업가인 그는 20대에 질병으로 병원에 3년간 입원해 있었는데 이때 무려 4,000권에 달하는 도서를 읽었다고 전해집니다. 그 기간 동안 자신의 인생철학을 정리하였으며 세상을 살아갈 지혜와 용기를 얻었다는 것입니다

생각해보십시오. 3년에 4,000권이면 1년에 1,333권, 즉

매일 서너 권씩의 책을 읽었다는 이야기가 됩니다. 그것도 하루 이틀이 아닌 3년 동안 계속 말입니다. 그렇게 젊은 시절부터 독서 실력으로 지식을 쌓고 철저히 무장하고 살았기에 재일동포라는 차별을 딛고 일본 제일의 거부가 될 수 있었던 것입니다.

저의 경우에는 리더십을 연구하기 위해서 이순신 장군과 세종대왕에 관한 책을 거의 모두 읽었습니다. 이순신 장군도 중국의 손자병법 및 고금의 병법서를 모두 읽었다고 합니다. 책을 읽으며 수루에 홀로 앉아 사색하였기에 학익진이라든지 거북선을 고안해 내고, 명량대첩 및 한산대첩 등에서 23전 23승의 승리를 할 수 있었던 것입니다. 세종대왕도 독서를 통해서 세계 최초로 한글을 창제하였을 뿐만 아니라, 해시계, 물시계 등 조선의 과학발전을 이루었습니다. 아악을 정비하며 음악 발전에도 기여했습니다. 학자들로 하여금 《농사직설》을 만들게 하고 조선이 농업의 부국이 될 수 있었던 원인도 모두 세종대왕의 엄청난 독서량에서 비롯된 것입니다.

진리가 너희를 자유케 하리라

_ 성경, 요한복음 8:32

# 실패를
# 두려워 하지 말라

　사람은 누구나 실패를 경험하며 살아가게 됩니다. 그러나 인생의 성패는 바로 이 실패를 만났을 때에 어떻게 대응하느냐 하는 태도에서 결정됩니다. 한두 번의 실패에 주저앉는 사람은 실패자로 기록될 것이고, 열 번, 스무 번의 실패도 두려워하지 않고 끈질기게 도전하는 사람은 성공한 사람으로 평가될 것입니다. 동서고금을 통하여 실패와 가장 친숙한 사람은 아마도 미국의 링컨 대통령일 것입니다.

　여기서 링컨이 생전에 얼마나 많은 실패를 경험했는지 연대기적으로 살펴봅시다. 링컨을 연구하는 학자들에 의하면 링컨은 생전에 27번의 실패를 경험했다고 합니다. 여기서는 그의 대표적인 실패 사례들과 아주 일부 성공사례들을 나열해 보겠습니다.

| | |
|---|---|
| **1816년(7세)** | 그의 가족이 집을 잃고 길거리로 쫓겨났다. |
| **1818년(9세)** | 어머니가 사망하였다. |
| **1831년(22세)** | 첫 번째 사업에 실패한다. |
| **1832년(23세)** | 주 의회에 진출하려고 시도하였으나 실패한다. |
| **1832년(23세)** | 법률학교에 입학 실패. |
| **1833년(24세)** | 두 번째 사업에 실패. 이 사업실패의 여파로 이후 17년간 빚에 시달린다. |
| **1834년(25세)** | 다시 주 의회에 진출 시도하여 성공한다. |
| **1834년(25세)** | 약혼자가 백혈병으로 사망하여 결혼에 실패. |
| **1836년(27세)** | 신경쇠약으로 병원에 6개월간 입원 치료. |

| 1838년(29세) | 주 의회 대변인 선거에 도전하였으나 실패. |
|---|---|
| 1840년(31세) | 정부통령 선거위원에 출마하였으나 실패. |
| 1843년(34세) | 하원의원 선거에 나갔으나 실패. |
| 1845년(36세) | 둘째 아들 에드워드의 죽음. |
| 1846년(37세) | 다시 하원의원 선거에 도전하여 성공한다. |
| 1848년(39세) | 하원의원 재선거에 출마하였으나 실패. |
| 1849년(40세) | 고향으로 돌아가 국유지 관리인이 되고자 했으나 실패. |
| 1854년(45세) | 상원의원 선거에 출마하여 실패. |
| 1856년(47세) | 부통령 후보 지명전에 출마하였으나 실패. |
| 1858년(49세) | 상원의원 선거에 출마하여 또 다시 실패. |
| 1860년(51세) | 미국 대통령 선거에 출마하여 당선된다. |

| | |
|---|---|
| **1862년(53세)** | 셋째 아들 윌리 사망. |
| **1864년(55세)** | 첫째 딸 사망. |

그러나 그는 이런 모든 시련을 극복하고 마침내 미국 역사상 가장 위대한 대통령으로 성공합니다. 여기서 그가 상원의원 선거 후에 패배한 뒤 하였다는 유명한 말을 다시 한 번 음미하여 봅시다.

"내가 걷는 길은 험하고 미끄러웠다. 그래서 나는 자꾸만 미끄러져 길 밖으로 넘어지곤 했다. 그러나 나는 곧 내 자신에게 이렇게 말했다. '길이 약간 미끄러울 뿐이지 낭떠러지는 아니야.' 그리고는 다시 기운을 차렸다."

링컨은 생애 동안 너무나도 많은 슬픔과 고난을 경험했지만, 한 번도 그것을 실패라고 생각하지 않았습니다. 그리고 포기하지도 않았습니다. 물론 슬퍼하고 낙심한 적도 있었지만, 언제나 그런 역경을 긍정적인 관점에서 보고 새롭게 출발하여 다시 도전하였습니다. 그리하여 마침내 미국 역사상 가장 위대한 대통령이라는 찬사를 받게 된 것입니다.

사람들이 도전을 하지 않는 이유는 대부분 실패에 대한 두려움 때문입니다. 이사야서 41장 10절에는 "두려워하지 말라 내가 너와 함께 함이라 놀라지 말라 나는 네 하나님이 됨이라 내가 너를 굳세게 하리라 참으로 너를 도와 주리라 참으로 나의 의로운 오른손으로 너를 붙들리라."는 말씀이 나옵니다. 실패에 대한 두려움을 기도로 이겨내고 믿음으로 나아간다면, 하나님께서 여러분과 함께 하실 것입니다. 실패를 두려워 하지 마십시오. 도전하십시오.

# 어쩌면 지금이
# 성공의 문 앞

특허 건수가 1,000건을 넘는 역사상 가장 위대한 발명 왕으로 꼽히는 토마스 에디슨. 우리는 토마스 에디슨에 대하여 얼마나 많이 알고 있을까요?

그는 어려서부터 엉뚱한 생각과 행동을 자주 했습니다. 그래서 초등학교에 입학한 지 3개월 만에 선생님으로부터 '교육시키기에 부적합한 아이'라는 판정을 받고 학교에서 퇴학을 당했습니다. 교육 전문가라는 교장선생님도 학교를 방문한 장학사에게 '에디슨은 바보'라고 보고 했다고 합니다.

그 소리를 듣고 화가 난 어머니가 에디슨을 학교에서 자퇴시키고 집에서 사랑으로 키우며 아이의 잠재력을 북

돈아 주었다는 이야기나, 달걀을 부화시켜 보겠다고 며칠 동안 계란을 가슴에 품고 잠을 잤다는 이야기, 신문팔이를 하면서 열차에서 실험을 하다가 불을 냈다는 이야기, 등등은 너무나 익히 알려진 이야기입니다.

다음은 에디슨의 대표적인 발명품 목록입니다.

| | |
|---|---|
| **1868년(20세)** | 전기식 투표기록기 |
| **1870년(22세)** | 증권시세 표시기 |
| **1872년(24세)** | 4중 송수신기 |
| **1876년(28세)** | 탄소 송화기 → 현재의 전화기 |
| **1876년(28세)** | 축음기 → 현재의 오디오 |
| **1879년(31세)** | 탄소 필라멘트를 이용한 백열전등 → 현재의 각종 전등 |
| **1885년(37세)** | 무선전신 → 현재의 각종 무선통신 기기 |
| **1891년(43세)** | 활동사진 → 현재의 영사기 |
| **1896년(48세)** | X선 형광 투시기 → 현재의 각종 조형 의학기술의 원천 |
| **1909년(61세)** | 알칼리 축전지 발명 → 각종 배터리 |

그러나 여기서 우리들이 주목해야 할 부분이 있습니다. 그의 발명품 중 대다수가 자신이 최초로 고안해 내고 시작한 것이 아니라는 사실입니다. 즉, 그의 발명품 중 대다수는 다른 사람들이 연구하다가 중도에 포기하거나 완성을 보지 못한 채 세상을 떠난 사람들의 것들을 다시 시작하여 개선하거나 완성한 것들이었습니다.

그 일례로 백열전구의 필라멘트는 영국 물리학자 조지프 스완이 최초로 발명에 성공한 것입니다. 에디슨은 그로부터 특허권을 사들여 더욱 개발된 '고 저항 탄소 필라멘트'라는 새로운 방식으로 특허를 출원하여 마침내 자신의 발명품으로 만듭니다. 바로 이런 이유를 들어 많은 사람들은 에디슨을 발명왕이라고 부르기 보다는 유능한 사업가라고 부르는 것이 더 타당하다고 주장하기도 합니다.

아래에 에디슨이 한 말을 들으면 이런 주장이 사실임을 알게 될 것입니다.

"나의 연구는 이전 사람들이 멈추고 남겨 놓은 것에서 출발했지. 그들이 실패했다고 포기했을 때가 사실은 바로 성공의 문턱이었어."

자, 이제 우리들에게 한 가지 의문이 남습니다. 왜 다른 사람들은 위대한 발명가로서 역사에 기록되지 못했을까요? 왜 에디슨만이 위대한 발명가로서 길이길이 후대에 그 이름을 남기게 되었을까요? 그 이유는 바로 그들은 성공 직전에 다음의 실패가 두려워서 더 이상 도전을 하지 못했기 때문입니다.

　실패를 두려워하는 마음, 바로 성공을 꿈꾸는 우리들이 경계해야 할 '경계대상 제1호'의 적입니다.


　실패를 두려워하지 않는 사람의 이야기를 하면서 이 사람의 예를 들지 않는다면 말이 안 되겠지요. 바로 KFC의 창업주 커넬 H. 샌더스(Colonel H. Sanders)의 이야기입니다. KFC 매장 앞에 하얀 정장에 지팡이를 들고 서 있는 노인, 그가 바로 커넬 샌더스입니다.

　샌더스는 어려서부터 매우 불운한 아이였습니다. 그의 나이 불과 6살에 아버지가 돌아가셨고, 10살부터는 농장에서 일했으며, 12살 때에는 어머니가 재혼을 하여 딴 남자의 곁으로 가 버렸습니다. 당연히 초등학교 교육도 제대로 받지 못했겠지요. 그런 그에게 제대로 된 직장이 있을 턱이 있었습니까. 어려서부터 그는 페인트공, 영업사원, 주유소, 유람선, 식당 등, 일거리가 있는 곳이라면 어느 곳에서든지 억척같이 일했습니다. 수도 없이 많은 직장을 전전하며 고생고생 하던 중 어느 덧 그의 나이 60을 넘기게 되었습니다.

실패에 실패만을 거듭하던 그에게도 마침내 기회가 왔습니다. 어느 국도변에 레스토랑을 차렸는데 그의 치킨 요리가 맛있다며 고객들이 넘쳐나는 것이었죠. 그러나 그런 기쁨도 얼마가지 못했습니다. 그 옆으로 고속도로가 생기자 국도를 이용하는 고객들이 하나 둘, 줄어들기 시작했던 겁니다. 하는 수 없이 그는 점포를 정리하였습니다. 그때 그의 나이는 어언 65세였습니다. 모든 걸 정리하고 보니 남은 돈이라고는 달랑 105달러뿐이었습니다. 잘 나가던 치킨점 사장이 하루아침에 또 다시 거지가 되어 버린 것입니다.

그는 남은 돈으로 겨우겨우 낡은 트럭 한 대와 압력밥솥을 샀습니다. 그리고는 레스토랑을 운영하면서 자신이 개발한 닭튀김 요리법을 팔러 다니기 시작했습니다. 잠은 트럭에서 잤고 면도는 휴게소의 화장실을 이용했습니다. 그렇게 2년 동안 트럭을 몰며 미국 전역을 돌아 다녔지만 그의 요리법을 사겠다는 사람은 나타나지 않았습니다. 그래도 그는 자신의 제안을 거절한 사람들을 원망하지 않고 항상 기도했습니다. 그는 실망하지 않고 이렇게 중얼거리며 계속 돌아다녔다고 합니다.

"내 치킨요리는 미국 제일이지. 여기서 포기할 수는 없어. 목숨이 붙어 있는 한 나는 계속 움직일 거야."

낡은 트럭을 몰고 온 늙은 노인의 요리법에 귀 기울여줄 사람이 없는 것은 어찌 보면 당연한 일이었는지도 모릅니다. 그러나 이 세상은 반드시 경제 원리로만 움직여지지 않습니다. 가끔씩은 하나님의 원리가 작동하기도 하는 법입니다. 세상 사람들은 그런 일을 가리켜 '기적'이라는 말로 표현하곤 합니다. 마침내 그에게 기적이 일어났습니다. 그의 요리법을 사겠다는 사람이 나타난 것입니다.

69세를 바라보던 해의 어느 추운 겨울 날, 무려 1,008번째 퇴짜를 맞은 후에 찾아간 콜로라도의 어느 레스토랑 사장과 마침내 그는 첫 번째 계약을 체결하였습니다. 치킨 한 마리 당 4센트의 로열티를 받는 조건으로, 켄터키 프라이드치킨 1호점이 탄생하는 역사적인 순간이었습니다. 이렇게 출발한 KFC는 지금 전 세계 90여개 국가에 무려 18,000여 개의 체인점을 둔 세계 굴지의 프랜차이즈 사업체로 성장하였습니다.

이 사람의 이야기는 또 어떻습니까? 무려 5,126번이나 실패하고도 끝끝내 도전하여 마침내 5,127번째에 성공을 거머쥔 제임스 다이슨(James Dyson)의 이야기 말입니다. 사람들은 그를 가리켜 '영국의 에디슨'이라고도 하고 '영국 산업계의 이단아' 또는 '영국의 스티브 잡스'라고도 부릅니다.

1947년에 태어나서 영국 왕립 디자인 학교를 졸업한 다이슨은 '시트럭'이라는 차량 운반선을 개발한 것을 비롯하여 볼배로(Ballbarrow)라는 정원용 수레를 개발하는 등, 수많은 기발한 제품들을 개발하였습니다.

제임스 다이슨은 평소에 진공청소기를 사용하면서 불만이 많았습니다. 무엇보다도 먼지를 빨아들일수록 자꾸만 흡입력이 약해진다는 게 눈에 거슬렸습니다. 문제는 진공청소기 안에 들어있는 먼지봉투였습니다. 1979년 먼지봉투 없는 진공청소기를 개발하던 중 자신의 회사에서 쫓겨나게 됩니다. 스티브 잡스가 애플에서 쫓겨난 것과 똑같은 상황이었습니다.

그래도 그는 실망하지 않고 집 뒤 낡은 창고에 작업실을 만들고 거기에서 연구에 몰두합니다. 이 먼지봉투 없는 진공청소기를 개발하기 위하여 그는 무려 1,100개의 특허를 취득하였다고 하니 그의 노력이 어느 정도인지 상상이 될 것입니다. 마침내 먼지봉투가 없는 이중집진 방식의 진공청소기 프로토타입(시제품 전의 조잡한 샘플)의 개발에 성공한 그는 그것을 가지고 영국 전역을 돌아다녀 보았으나 어느 회사에서도 그의 아이디어를 사겠다고 나서는 곳이 없었습니다. 후버를 비롯한 세계적인 기업체도 찾아 다녔지만 번번이 퇴짜를 당하기 일쑤였습니다.

그들은 모두 다이슨의 기발한 아이디어는 칭찬했으나 그런 진공청소기를 만들 경우 먼지 봉투의 판매가 줄어들 것을 두려워했던 것입니다. 그래도 다이슨은 포기하지 않고 끈질기게 돌아다녔습니다. 프로토타입을 개발한 지 장장 5년이 지나고, 무려 5,126번이나 퇴짜를 맞고 나서야 마침내 일본의 한 회사에서 러브콜을 보내왔습니다. 진공청소기 한 개당 10%씩의 로열티를 받기로 하고 일본의 한 가전회사와 계약을 체결하는데 성공하게 되는 것입니다.

새로운 진공청소기는 일본에서 날개 돋친 듯 팔려 나갔습니다. 다이슨의 진공청소기가 일본 시장을 석권하고 오히려 영국으로 역수입되자 그제서야 영국 후버 사에서는 5년 전 다이슨의 아이디어를 거절한 실수를 땅을 치며 후회하였다고 합니다.

5,000번이 넘게 퇴짜를 맞은 일로 충격을 받은 다이슨은 그 후 자신의 재산을 기증하여 '제임스 다이슨 어워드'를 제정하였는데, 그 주된 취지가 영국 내에 만연해 있는 '영국병'을 고치기 위함이라는 것이었습니다. 그 병이란 다름 아닌 '할 수 없다 - Can't Do It'였습니다.

제임스 다이슨은 런던 디자인 박물관장, 런던 디자인 협회 회장을 역임하였으며 2007년에는 대영제국 기사 작위를 받았습니다.

저는 노트에 다음과 같이 써 놓고는 매일 아침마다 외치며 기도합니다.

* 실패를 통해 나는 더욱 강해진다!
* 실패에 대한 두려움이 나의 가장 큰 적이다!
* 어떠한 좌절에도 나는 결코 중도에서 포기할 수 없다!
* 내가 오르지 못할 산은 없다!
* 지금, 포기하고 싶은 바로 지금이 성공의 문턱이다!

내게 능력주시는 자 안에서
내가 모든 것을 할 수 있느니라

_ 성경, 로마서 8:28

"
할수 있다!
하면 된다!
해보자!
"

# 자살시도를
# 극복하게 해준 '인내'

　미켈란젤로는 '최후의 만찬'을 완성하기 위해 2천 번의 스케치를 무려 8년 동안 했습니다. 작곡가 하이든은 8백여 개의 작품을 작곡했습니다. 그 중 가장 널리 알려진 '천지창조'라는 오라토리오는 800여 개의 곡을 쓴 후 66세에 작곡한 작품입니다. 우리가 즐겨 먹는 꿀 한 숟가락은 꿀벌이 4천 2백 번이나 꽃을 왕복하며 얻은 것입니다.

　인내는 성공을 하기 위한 필수의 가치입니다. 성공한 사람들 치고 인내의 땀을 흘려보지 않은 사람은 없습니다.

　인생을 살다보면 누구나 다른 사람과 의견충돌이 생기게 됩니다. 특히 힘든 일을 겪으면 인내의 깊이를 알게 됩니다.

저 또한 다섯 번이나 자살을 생각한 적이 있었습니다. 그때 저를 붙잡아 준 것은 '인내'라는 마음가짐이었습니다.

첫 번째 정말 힘들었던 경험은 '주식형펀드'가 우리나라에 처음 들어왔던 시절이었습니다. 지점에만 주식형 단말기가 있었던 시절, 상품이 나오면 정말 열심히 세일즈를 했습니다. 일년 동안 전체 1등을 했습니다. 그런데 노태우, 전두환 비자금 사건이 발생하면서 주식시장이 순식간에 망가지면서 아수라장이 되었습니다.

펀드 원금이 빠진 것은 그때가 처음이었습니다. 고객들은 "원금내놔! 내 돈내놔!"하며 객장 안으로 난입해 컴퓨터를 집어 던지기까지 했습니다. 저는 클레임이 심한 할아버지 할머니들을 피해 옆에 있는 D증권사 객장에 숨어 있기까지 했습니다.

직업이 생명설계사인 어떤 고객은 욕을 하며 무려 네 시간 동안 호통을 치기도 했습니다. 그런 환경에서 매일 사람들을 대하고 심지어 도망다니기까지 하다 보니 불면증에 몸무게도 10kg이 넘게 빠졌습니다. 제가 해 줄 수 있는 답은 "기다리세요" 밖에 없었습니다. 정말 정신적 육체적으로 힘든 시간이었습니다.

평소에 업무 때문에 야근을 10시~11시까지 해도 기쁘게 할 수 있었는데, 이렇게 험한 일을 겪고 보니깐 회사 다니는 것이 싫어지고 사람이 무서워졌습니다.

사실 요즘은 주식시장이 하락하거나 펀드 원금손실이 나도 증권사 직원을 욕하며 괴롭히거나 호통을 치는 경우는 드뭅니다. 투자자도 자신의 책임을 인지하는 투자 문화가 많이 형성되었기 때문입니다. 하지만 그 당시는 펀드가 처음 도입되었던 시기였기 때문에 펀드에 대한 개념이 생소했고 상상도 하지 못할 일들이 증권사 객장에서 벌어지기도 했던 것입니다.

그런데 저의 마음을 정말 아프게 한 것은 직장상사의 "누가 이렇게 무리해서 펀드를 팔았어!?" 라는 호통이었습니다. 살면서 처음으로 '배신감'이라는 것을 느껴봤습니다. 늘 자리에 앉아 주가 단말기만 보면서 '열심히 펀드를 팔기만 해! 다른 건 내가 책임질게!' 라고 이야기했던 상사가 상황이 바뀌자 180도 돌변한 것이었습니다. 세상이 무서워졌습니다.

그때 신입사원으로 지금의 아내가 입사했습니다. 1년 연애 끝에 결혼을 한 달 앞둔 시기였습니다. 그때 저에게 민원이 가장 많이 들어와서 저 혼자서는 도저히 감당하기 힘들었습니다. 어느 중견기업 회장님으로부터 민원이 들어왔는데, 이를 해결할 방법이 도저히 보이지 않았습니다.

민원을 취하하여 달라는 사정을 해보려고 민원을 넣었던 회장님 집 밖에서 무려 네 시간을 기다렸습니다. 사모님이 나오셔서 잠깐 들어오라고 해서 저는 무릎 꿇고 울면서 간곡하게 호소했습니다.

"회장님 살려주십시오. 아드님이 열심히 금융계에서 일하다가 민원을 맞았다고 생각해 보십시오. 자라나는 새싹을 꺾은 것이나 다름없지 않습니까. 민원을 맞으면 고가가 나빠져서 승진하기도 힘들게 됩니다. 이제 한 달 후면 저는 결혼해서 신혼여행을 갑니다. 아드님이라고 생각하고 한번만 재고해 주십시오."

나는 무릎을 꿇은 채로 30분도 넘게 간절히 호소했습니다. 그때 아내될 사람은 밖에서 기다리고 있었습니다. 하지만 회장님의 반응은 냉담했습니다.

"나는 민원을 취하할 수 없네. 당신을 보고 민원을 넣은 게 아니라, 회사를 보고 민원을 넣은 것이네!"

저는 발길을 돌릴수 밖에 없었습니다. 절망 속에서 집으로 돌아온 저는 그날 밤을 꼬박 뜬눈으로 새웠습니다. 그런데 다음날 기적과 같은 일이 일어났습니다. 회장님과 사모님께서 지점에 찾아오셨습니다.

"자네가 찾아온 이후에 한숨도 못 잤네!"라고 하시면서 "나를 잊지 마라"라는 한 마디를 남기고, 민원을 취하하시고 돌아가셨습니다.

그때 저는 큰 깨달음을 얻고, 그날 이후로 시장의 흐름을 파악하기 위해 경제신문을 매일같이 꼼꼼히 읽으며 실력을 향상시켜 나갔습니다. 오전 7시에 회사에 도착해서 경제신문을 꼼꼼히 스크랩을 하고 상품에 대한 연구를 시작했습니다.

그 이후, 펀드는 1,000p에 물렸고 주가는 500p로 반토막이 났습니다. 그때 저는 회장님에게 기다리라고 했고, 회장님도 저를 믿어주셨습니다. 결국에는 기적처럼 주가가 올라서 회장님의 계좌를 이익으로 환매하여 마무리 지을 수 있었습니다.

그때 배운 게 인내였습니다. 고객들이 소리지르고 경찰을 부른다고 할 때는 정말이지 죽고 싶다는 생각이 들었습니다. 그럴 때 저는 길바닥에서 장사하시던 아버지를 생각하고 버텼습니다.

그 이후로는 원금손실의 위험이 있는 주식형 펀드는 절대 안팔고 안전한 채권형 펀드만 팔겠다고 다짐했습니다.

그렇게 비교적 안정적인 채권형 펀드만을 투자자들에게 권해주었습니다. 그런데 몇 년 후 대우사태가 터졌습니다. 한국 경제를 이끌던 대우그룹이 부도가 난 것이었습니다. 또 한번 금융시장이 난리가 났습니다. 대우채권이 들어간 계좌가 동결되어서 돈을 못 빼는 상황이었고, 고객들은 아침에 지점 문이 열리자 마자 "원금 내놔! 내 돈!"하고 소리를 질러댔습니다. 그 이후 한 달 동안 성난 고객들의 항의를 받았습니다. 모 신문사 국장께서는 '내 원금 물어내!'라고 하시며 두 달 동안 찾아오시고 수시로 전화를 하셨습니다. 정말 괴로웠습니다.

그렇게 한달이 지나자 몸이 이상해졌습니다. 불면증으로 하루 두 시간씩 밖에 못 잤습니다. 눈을 뜨면 눈이 빨개졌습니다. 몸이 어딘가 정말 이상해진 것 같았습니다. 몰려오는 민원 압박에 새벽마다 잠이 깼습니다. 자살하고 싶은 마음이 매일같이 들었습니다. 그때 매일 새벽 저를 위해 기도하시는 어머니의 모습이 떠올랐습니다. 함께 생각나는 이야기가 성경에서 요셉이 누명쓰고 감옥에 갔다가 결국 국무총리가 된 이야기였습니다. '나한테도 그런 기적이 올까?'라는 생각을 하니 자살에 대한 생각이 누그러졌습니다.

더 이상 견딜 수가 없어서 성모병원을 갔더니 당장 입원하라고 했습니다. 한 달을 입원해야한다고 했습니다. 입원한 처음 이틀 동안은 잠에서 못 깨어났습니다. 스트레스로 인한 급성 간염인데 간수치가 너무 높다는 것이었습니다. 저는 꼬박 한 달을 입원해 있었습니다.

죽고 싶다는 생각이 들었습니다. 고객들이 정말 미웠습니다. 최선을 다해서 상담과 투자에 도움을 줬고, 고객이 판단해서 펀드를 가입했는데, 저에게 돌아온 것은 항의와 비난이었습니다.

어디까지 참아야 하는가? 힘들고 화도 나고 슬펐습니다. 증권사 직원은 투자에 도움을 주는 사람인데 주식시장이 하락하고 회사가 부도났다고 이런 식으로 직원을 괴롭히다니! 해도 너무 한다는 생각이 들었습니다.

병원에 입원해서 출근을 못하게 되자 고객들 중 모 법원의 부장판사 사모님께서 "대우그룹이 무너진 것이 박인규 계장 책임이 아니지 않습니까?! 이 사람은 증권사 직원으로서 최선을 다한 것이고 회사가 부도난 것은 누구도 예측하기 힘든 것 아닙니까? 또한 정부에서 3단계 대책을 마련해 주지 않았습니까?"라고 하시면서 다른 고객들을 설득시켜 주셨습니다.

그리고 고객들이 병원비를 다 대주었습니다. 그때 펑펑 울었습니다. 세 시간 동안 눈물이 멈추지 않았습니다. 그때 깨달은 교훈은 바로 이것이었습니다. 즉, 고객을 진정한 마음으로 대해주면 상대방도 언젠가는 알아준다는 사실 말입니다.

이렇게 큰 일을 겪으며 참고 버티다 보니 좋은 시절이 왔습니다. 그리고 저에게도 행운이 찾아왔습니다. 주식시장이 폭락하고 대우사태를 맞으면서도 끝까지 최선을 다했던 나의 성실함이 인정받아 고객들은 지속적인 거래를 해주었습니다. 인간적으로도 친분을 유지하게 되어 휴먼 네트워크가 형성된 것입니다.

누구나 어려운 시기가 있습니다. 그러나 위기와 기회는 동전의 양면과 같다는 것을 잊어서는 안됩니다.

인생은 주식과 같습니다. 상승을 하기 위해 때로는 긴 힘든 하락의 시간을 겪습니다. 그 힘든 시간을 견디다 보면 보석같은 시간이 찾아오게 됩니다.

다만 이뿐 아니라 우리가 환난 중에서도 즐거워

하나니 이는 환난은 인내를, 인내는 연단을,

연단은 소망을 이루는 줄 앎이로다.

소망이 부끄럽게 아니함은 우리에게 주신

성령으로 말미암아 하나님의 사랑이

우리 마음에 부은바 됨이니.

_ 성경, 로마서 5:3-5

# 포기하고 싶을 때마다
# 떠올린 것들

와튼스쿨(Wharton School)의 모토가 '실패를 두려워하지 말라'입니다. 실패에 대한 두려움 때문에 많은 사람들이 도전 자체를 아예 안 하는 경우가 많습니다.

힘들면 포기하고 싶습니다. 저 또한 인생에서 몇 차례 자살 시도가 있었습니다. 그런데 정작 중요한 것은 힘들 때 포기하면 안 된다는 사실입니다.

힘든 일을 많이 겪다 보니 지금은 내공이 생겼고 아무리 힘든 일이 있어도 죽고 싶다는 생각은 절대 하지 않습니다. 힘들 때마다 나는 강영우 박사의《우리가 오르지 못할 산은 없다》를 읽고 또 읽었던 기억을 떠올립니다.

나는《우리가 오르지 못할 산은 없다》를 50번 읽었습니다. 저자인 강영우 박사는 중학교 3학년 때 축구공을 맞아서 실명이 되고 결국 맹인이 되었습니다. 대한민국이 먹고 살기 힘들었던 시기에 맹인이 선택할 수 있는 직업은 두 가지였습니다. 안마사를 하거나 점자를 가르치는 일을 하는 것이었습니다.

그런데 강영우 박사는 교수가 되겠다는 자신만의 꿈을 갖고 있었습니다. 공부를 해서 가르치고자 하는 꿈이었습니다. 그래서 그는 손가락의 지문이 다 닳을 때까지 점자판을 읽고 또 읽으며 공부했습니다. 그 결과 그는 연세대 교육학과를 차석으로 입학하고, 자원봉사자인 숙명여대 영문학과 석은옥 학생을 만나 결혼을 하여 미국으로 갔습니다. 그리고 미국 5천 만 장애우의 아버지 격이라고 할 수 있는 백악관 차관보까지 하게 됩니다.

책에는 다음과 같은 문구가 나옵니다.


"세상에서 가장 존경하는 우리 아버지. 불을 끄고 글을 읽어줄 수 있는 우리 아버지."


이 대목을 읽을 때마다 저는 눈시울이 붉어집니다. 책을 읽고 스스로가 창피했습니다.

'눈이 안 보이는 분도 하는데, 두 눈 멀쩡한 사람이 왜 이렇게 불평만 하고 살았던가!'

저는 강박사님을 만난 적도 없지만 항상 그분을 생각합니다. '책이 정신적인 지주다. 내가 왜 못하는가?'라는 생각을 해보고 앞에 주어진 일을 열심히 도전하고 실행했습니다.


미국의 어느 세미나에서 강사가 이렇게 말했습니다.

"여러분, 발명왕 에디슨을 생각해 보십시오. 얼마나 많이 실패했습니까? 그기 포기했습니까?"

수강생들은 대답했습니다.

"포기하지 않았습니다"

"비행기를 처음 만든 라이트 형제도 실험에 많은 실패를 했습니다. 라이트 형제가 포기했습니까?

"포기하지 않았습니다."

강사가 또 이렇게 물었습니다.

"맥키스트가 포기 했을까요?"

그러자 사람들은 가만히 있었습니다. 맥키스트가 누군지 몰랐던 것입니다. 한 사람이 물었습니다.

"강사님, 맥키스트가 누구입니까?"

강사가 대답했습니다.

"맥키스트는 포기한 사람입니다."

역사는 포기한 사람을 기억하지 않습니다. 영국의 수상 윈스턴 처칠은 인생의 가장 중요한 교훈을 한 문장으로 압축했습니다. 그것은 "Never give up, Never Never give up."이란 말입니다.

"절대로 포기하지 말라. 절대로, 절대로, 포기하지 말라."

성공이란 포기하지 않는 자의 것이고, 실패는 포기한 자의 것입니다. 성공은 포기한 사람에게 절대 찾아오지 않습니다. 포기하지 않으려면 실패를 두려워하지 않아야 합니다. 진정한 실패는 두려움에서 오는 것입니다.

저는 작은 일에도 목표가 있다면 최선을 다합니다. 인생의 몇 가지 경험을 통해 바라보고 포기하지 않는다는 열망이 있다면 반드시 이룰 수 있다는 믿음이 생겼습니다.

저는 건국대 부동산 대학원 석사과정을 삼수해서 들어

갔습니다. 고려대 기술경영전문대학원 박사과정도 삼수해서 들어갔습니다. 보통은 한두 번 떨어지면 자존심이 상해서 포기합니다. 물론 저도 자존심이 상했습니다. 그래도 금융과 부동산의 중요성을 체험했기 때문에 꼭 필요한 공부라고 생각했고, 반드시 해보겠다고 결심했습니다. '역사는 포기한 자를 기억하지 않는다'는 말을 가슴속에 새기고 다시 도전했습니다. 그리고 결국 '포기하지 않으면 합격 하는 구나'라는 진리를 깨달았습니다.

제가 금융업에서 부동산의 중요성을 깨우치게 된 계기가 있습니다. 저는 전세만 10년을 살았습니다. 전세금이 계속 올라 가자 전세 뺀 돈으로 갈 데가 없었습니다. 그럼에도 아이가 셋이다 보니 30평대 집을 얻고자 하는 간절한 열망이 있었습니다.

아내는 '여보, 전세도 지겹다. 이사가는 것도 넘무 힘들어. 작아도 우리 집이 있었으면 좋겠어'라고 이야기 했습니다. 서울에서 집을 사려면 최소 3억은 있어야 했고, 당시 살고있던 신당동 전세 값은 1억에서 2억으로 뛰었습니다. 두 달 후에는 집을 비워야 했는데, 전 재산이라고는 전세금 1억과 보험금을 합쳐 총 2억 정도였습니다.

제가 가진 돈으로 서울에서 집을 사기는 힘들었습니다.

그래도 집을 꼭 구해야겠다고 마음먹었기에 애들 셋을 업고 끌고 하며 전국의 집을 보러 돌아 다녔습니다.

구체적인 목표를 갖고 열심히 돌아다녔습니다. 직접 평일과 주말에 부동산을 방문하며 정보를 얻었습니다. 그러나 한달 이상 서울시내의 갈만한 곳은 모두 돌아다녀봤으나 집을 구할 수 없었습니다.

집을 구하겠다는 마음이 너무 간절하니까 꿈에서도 집을 보러 다녔습니다. 그런데 하루는 꿈에서 어떤 집이 머리 속에 들어왔습니다. 자고 일어 났는데도 잔상이 있었습니다. 지금도 생생하게 기억이 납니다. 토요일이었는데 아침에 일어나 지도를 살펴 보았습니다. 분명히 무슨 입구였는데 워커힐 입구나 태릉 입구였던 것 같았습니다.

'한번 가볼까? 토요일에 노느니 뭐해? 길바닥에 나앉게 생겼는데!'

태릉은 가본 적이 없는 동네였지만 지푸라기라도 잡는 심정으로 가봤습니다. 놀랍게도 꿈에서 봤던 장소였습니다. 공인중개사를 만나서 이야기해 보니 2억 5천만 원까지 갔던 것인데 9/11테러가 터져서 가격이 떨어졌고 사면 무조건 이익을 본다는 것이었습니다. 10층의 꼭대기 층이었는데 육사 100만 평 숲이 앞마당처럼 보이는 남향이었고, 가격은 2억 2천 500만 원이었습니다. 가진 돈으로도 서울 시내에 살 수 있는 좋은 집을 발견한 것이었습니다. 다섯 식구가 모두 편하게 지낼 수 있는 아늑한 공간이었습니다. 바로 계약을 하게 되었고 그때부터 부동산 투자에 관한 공부를 시작했습니다.

열심히 뛰어다니면 무엇인가 이루어집니다. 만약 그냥 계산기만 두둘겨 보고 불가능할 것이라 생각하여 포기했다면 집을 살 수 없었을 것입니다. 부동산도 공부하지도 않았을 테고 그에 대한 안목도 생기지 않았을 것입니다.

포기하지 않고 직접 뛰어다녔던 경험이 저를 부동산 전문가로서 강연도 하고 여러 건의 부동산 투자에 성공할 수 있게 해주었습니다.

대한민국은 기회의 땅입니다. 여러분도 포기하지 않는다면 어떤 일이든 할 수 있습니다.

# 맡은 일에
# 최선을 다한다

여기 또 한 사람, 주어진 일에 최선을 다 한 사람의 예를 들어봅시다. 2009년 1월 15일, 승객 155명을 태운 여객기가 뉴욕 라구아디아 공항을 이륙한 지 3분 만에 비행기 엔진에 새 떼가 들어가서 엔진 두 개가 다 멈춰버렸습니다. 그 당시에 비행기가 지나고 있던 맨해튼 한복판에 떨어지면 수백 명의 사상자가 생겼을 수도 있는 아주 위험한 상황이었습니다. 그런데 설렌버거(Chesley Sullenberger) 기장은 전혀 동요하지 않고 침착하게 비행기를 조종하여 허드슨 강에 무사히 착륙시켰습니다. 155명의 승객 중 아무도 다치지 않고 모두 무사히 구조되었습니다. 전 세계의 매스컴은 모두 이 사건을 허드슨 강의 기적

(Hudson River Miracle)이라고 불렀고 설렌버거 기장은 영웅이 되었습니다.

그러나 그가 영웅이 된 것은 비행기를 강에 불시착시켰기 때문이 아니고, 그가 조종사로서의 사명(3C 중 하나)을 확실하게 다했기 때문이었습니다.

그는 끝까지 승객과 승무원들을 다 내보내고 맨 마지막으로 구조되었으며, 승객들과 승무원들이 다 나온 다음에도 두 번이나 객실 안에 들어가서 혹시 못 내린 사람이 있는가를 확인했다고 합니다.

《아웃라이어》를 쓴 맬콤 글래드웰은 그의 책을 통하여, 155명의 생명을 구한 설렌버거 기장이야말로 이 시대의 진정한 아웃라이어라고 주장했습니다.

아웃라이어(Outlier)의 사전적인 정의는, '집 밖에서 노는 사람' 또는 '본체에서 분리된 물건'을 뜻하지만, 일반적으로는 '보통 사람의 범주를 벗어서 크게 성공한 사람' 또는 '성공의 기회를 발견하여 그것을 자기의 것으로 만든 사람'을 지칭하는 말입니다.

사고 직후 언론과의 인터뷰에서 설렌버거 기장은 자신이 그 임무를 훌륭히 수행할 수 있었던 이유는 다름 아닌 1만 9천 시간의 비행경험이었다고 말했습니다. 글래드웰은 아웃라이어들의 성공비결을 '1만 시간의 법칙'으로 설명했습니다. 1만 시간은 어떤 분야에서 숙달되려면 반드시 필요한 절대시간이라는 것입니다. 하루 3시간씩 일주일 내내, 꼬박 10년을 보내면서 갈고 닦은 전문가는 어떠한 상황이 닥쳐도 흔들림 없이 자신이 맡은 사명을 다 할수 있다는 주장입니다.

결국 이렇게 본다면, 자신의 일에 최선을 다하는 사람이 된다는 말은 자기가 맡은 분야의 전문가 또는 대가가된다는 말에 다름 아닌 것입니다. 주어진 일에 최선을 다한다는 말은 꼭 '주어진 일', 즉 피동적인 의미의 일에 최선을 다한다는 말이 아닙니다. 여기에는 당연히 자기 자신이 선택한 일이 포함됩니다. 요점은, 자기가 맡은 일은, 그것이 자기에게 주어진 일이건 본인 스스로 선택한 일이건 간에, 모름지기 최선을 다하여 그 일을 성사시켜야 한다는 말입니다.

자기가 맡은 일에 최선을 다 한 사람의 이야기를 하면서 이분의 이야기를 꺼내지 않는다면 그것 또한 이상한 일일것입니다. 바로 명량해전과 관련된 충무공의 일화입니다.

1592년부터 5년간 조선 전 국토를 잿더미로 만들었던 임진년의 전쟁은 잠시 소강상태를 보이고 있었습니다. 그러나 그것도 잠시, 조선은 1597년 정유년에 또다시 정유재란이라는 제2차 전란에 휩싸이게 됩니다.

원래 선조 임금은 이순신을 그다지 탐탁하게 여기지 않았습니다. 백성들이 이순신을 영웅시 하는 것도 못마땅했고 신하들의 계속되는 탄핵도 임금의 마음을 움직였기 때문이었습니다. 결정적인 사건은 부산의 왜군 진지가 조선군의 화공으로 불바다가 된 일이 있었습니다. 그 공은 원균이 세운 것인데 그것을 이순신이 가로챘다는 것이었습니다.

선조실록에 실려있는 1월 27일 어전회의의 분위기를 보면 임금이 이순신을 마땅치 않게 생각하고 있었다는 대목이 여러 군데서 발견됩니다.


"윤두수(판돈녕부사): --- 일이 있을 때마다 장수를 바꾸는 것은 좋지 않다 하더라도 이순신은 바꾸어야 할 것 같습니다."

"선조(임금): 나는 순신의 사람됨을 잘 모르오. 약간 똑똑한 모양이나 임진년(5년 전) 이후로는 싸우지 않고 지키려고만 들었소. --- 원균으로 바꾸면 어떻겠소?"

"이산해(영의정): 임진년에 원균의 공이 많았다고 들었습니다."

"선조(임금): 그렇게 앞장서서 싸우니 부하 병졸들이 본받는 것이 아니겠소."

"유성룡(좌의정): 신의 집은 이순신의 집과 같은 동네라서 이순신을 잘 압니다."

"선조(임금): 서울 사람이오?"

"유성룡(좌의정): 그렇습니다. 남산 밑에서 자랐습니다."

"선조(임금): 글을 잘 하오?"

"유성룡(좌의정): 글도 잘하고 성품도 꿋꿋합니다."

"선조(임금): 그렇더라도 무장이 조정을 우습게 여기는 것은 절대로 용서할 수 없소."


결국 그날의 회의를 통하여 이순신을 크게 벌주려던 선조는 중신들의 만류로 뜻을 이루지 못하고 일종의 '경고장'을 주고 조선 수군을 원균(경상도)과 이순신(전라.충청)의 두 장수에게 맡기기로 결정합니다.

그러나 이순신을 미워하는 선조의 의중을 알아차린 선비들이 출세에 눈이 멀어 이순신을 모함하는 장계를 계속

올리게 되고 결국 이순신은 한양으로 압송 당하게 됩니다.

그 자리를 대신하여 3도 수군통제사가 된 원균은 부산포에 집결한 일본군을 섬멸하려고 가던 중 오히려 일본수군에게 참패를 당하고 맙니다. 이것이 그 유명한 칠천량 해전입니다. 물론 이 패전은 원균 한 사람만의 잘못 때문은 아니었습니다. 당시 전쟁을 전혀 모르면서도 무리하게 부산공략을 지시한 임금을 포함한 조정 중신들의 실책이 더 크다 할 것입니다.

거북선 4척을 포함한 크고 작은 조선의 전선 4백 척이 총 동원된, 임진년 이후의 최대 해전인 칠천량 해전에서 원균은 18세 된 아들 사웅과 함께 장렬히 전사합니다. 그나마 다행이었던 일은, 조선 수군이 궤멸한 가운데에서도 경상우수사 배설이 12척의 전선을 끌어 모아 한산도로 도피시켰습니다.

이런 어려운 때에 온갖 모함과 옥살이로 고생한 이순신은 다시 삼도수군통제사로 임명됩니다. 처음부터 삼도수군통제사로 복귀된 것도 아니었습니다. 장군의 모든 관직을 박탈하고 일개 병졸로 백의종군하라는 명이었습니다. 백의종군의 명을 받은 것이 4월 초, 다시 삼도수군통제사로 임명된 것이 8월 초니까, 이순신은 근 4개월을 일개 병졸의 상태로 지냈던 셈입니다. 선조실록에 적혀있는 임금의 장계를 다시 읽어봅시다.


"임금은 이에 이르노라. 우리나라가 믿고 의지하는 것은 오직 수군뿐이었거늘 하늘이 우리에게 화를 내리시어 마침내 3도의 수군이 단 한 번의 싸움에 전멸하였도다.

--- 중략 ---

경의 명성은 일찍이 드러났고 그 공은 임진년의 큰 승리로 만방에 떨쳤느니라. --- 얼마 전 짐이 경을 백의종군토록 명하였으니 이 또한 사람의 지모가 부족함에서 나온 것이라. 그로 말미암아 오늘과 같은 패전을 가져왔으니 내 무슨 할 말이 있으랴.

이제 상중에 있는 경을 평민의 신분에서 다시 충청, 경상, 전라의 삼도수군통제사로 임명하노니 부임하는 날 우선 장병들을 위무하고 흩어진 군사들을 찾아내어 한데 모으고 장병들을 위로하라. 적 또한 경이 다시 바다에 나왔다는 소문을 들으면 감히 함부로 날뛰지 못하리라.

--- 중략 ---

경은 더욱 충의지심을 굳게 하여 나라를 구제하기를 바라는 짐의 소망에 부응하도록 하라. 고로 이에 교서를 내

102

리는 것이니 그리 알지어다."

그러나 조정에서는 이렇게 교서를 내린 후에도 이순신이 재량껏 싸울 수 있도록 내버려 두지 않았습니다. 조선 조정에서는 이순신에게 수군을 버리고 상륙하여 육전을 전개할 것을 명합니다. 그러나 이순신은 수군의 중요성을 설명하고 비록 13척뿐이지만, 자신은 죽지 않았으니 적이 조선 수군을 함부로 업신여기지 못한다는 내용의 장계를 올리고 결전을 준비합니다.

9월 15일 결전을 앞두고 이순신은 수하 장수들을 집합시킨 후, '병법에 이르기를 반드시 죽을 각오로 임하면 살수 있고 반드시 살려고 한다면 죽게 된다(必死卽生 幸生卽死)고 했고, 한 명이 길목을 지키게 되면 천 명도 두렵게 할 수 있다'고 하는 오자병법을 설명하면서 부하들을 독려했습니다.

그는 결전의 장소로 진도와 화원 사이의 울돌목을 선택했습니다. 그곳은 곳곳에 암초가 많고 썰물 때는 조수가 서쪽에서 동쪽으로 흐르고, 밀물 때는 그 반대방향으로 흐르는 급류지대입니다. 워낙 조수의 흐름이 빨라서 마치 우는 소리를 내는 듯하다하여 명량(鳴梁), 즉 울돌목이라

불렀습니다.

마침내 이순신의 조선 함대는 단 13척의 배를 가지고 왜선 133척을 물리치는 쾌거를 이룹니다. 왜장 마다시의 목을 베자 왜군들은 앞 다투어 도망치기에 바빴습니다.

이렇게 이순신 장군의 명량해전의 전후사정을 자세히 설명하는 데는 다 이유가 있습니다. 바로 그 당시의 충무공의 심경을 파악해 보기 위함입니다.

삼도수군통제사라면 오늘날의 해군참모총장이나 제2함대(서해), 제3함대(남해)의 통합 함대사령관에 해당하는 직책입니다. 그런 그가 본인의 잘못도 없이 모함에 빠져서 한양으로 압송되고 감옥에서 모진 고초를 겪고, 일개 병사로 강등되어 다시 전선으로 투입됩니다. 거기다가 바로 그런 시기에 어머니는 병으로 세상을 떠납니다. 전선으로 복귀하던 중, 다시 삼도수군통제사의 직책을 맡으라는 어명을 받게 됩니다. 그러나 본인이 마음껏 싸울 수 있는 재량권도 없습니다. 한양의 책상물림들은 사사건건 이래라 저래라 하면서 왕을 움직여서 간섭하기 일쑤입니다.

당시 사람들의 효심은 지금 우리네가 부모를 생각하는 것과 비교하지 못할 정도였습니다. 그런 개인적인 어려운 상황에서 감옥에서의 옥살이까지 하였으니…… 우리네 보통 사람들 같았으면 '더러워서 못해 먹겠다.'고 그만두었을 것입니다. 그러나 충무공은 자기에게 맡겨진 사명(3C 중 하나)에 최선을 다했습니다. 내려가면서 급조하여 긁어모은 군사들로, 남아있는 13의 전선으로 왜군의 대함대와 맞섰습니다. 그리고 세계 해전 사상 유례가 없는 대승을 거두었습니다.

이것이 바로 사명을 갖고 주어진 일에 최선을 다하는 사람의 마음가짐입니다. 상황이나 여건이 제대로 갖추어졌을 때 좋은 결과를 내는 일이야 누군들 못하겠습니까. 그러나 '주어진 일에 최선을 다 한다'는 말은 상황이나 여건의 좋고 나쁨에 관계없이, 오히려 그것이 최악의 상황일지라도, 자기의 온 마음과 힘을 다하여 좋은 결과를 이끌어 낸다는 말입니다.

나는 힘들고 어려울 때마다 한산도를 방문했습니다. 그 횟수가 이제 41번째가 되었는데, 매번 방문할 때마다 이순신 장군의 가르침 10가지를 가슴에 새깁니다. 특히, 1번 '집안이 나쁘다고 탓하지 마라'와 7번 '지원이 없다고 실망하지 마라'를 생각하면, 백전백승의 기운이 느껴지고 긍정의 에너지가 솟아 납니다.

이 충무공 정신

1. 멸사봉공의 정신
2. 창의와 개척정신
3. 유비무환의 정신

# 이순신 장군의 가르침

1. 집안이 나쁘다고 탓하지 말라
- 나는 몰락한 역적의 가문에서 태어나 가난 때문에 어릴적부터
  외갓집에서 자라났다.

2. 머리가 나쁘고 늦었다고 말하지 말라
- 나는 스물여덟에 치른 첫 시험에서 낙방하였고,
  서른둘에야 겨우 과거에 급제하였다

3. 지위가 낮고 좋은 직위가 아니라고 불평하지 말라
- 나는 미관말직으로 공직을 시작하였으며,
  14년동안 변방지역을 말단 수비장교로 돌았다.

4. 윗사람의 지시라 어쩔수 없다고 말하지 말라
- 나는 정당하지 못한 지시·명령·압력에 따르지 아니하여
  파면, 백의종군, 옥살이를 하였다.

5. 몸이 약하고 아프다고 고민하지 말라
- 나는 평생 위장병이 있었으며, 사천해전에서 화살을 맞았으나
  제대로 치료를 받지못해 평생 고통 속에서 살았다.

6. 기회가 주어지지 않는다고 불평하지 말라

• 나는 미관말직으로 전전하다 나라가 위태로워진 후에
  장수가 되어 조국을 위해 몸을 바칠 수 있었다.

7. 지원이 없다고 실망하지 말라

• 나는 스스로 병사를 모으고, 거북선과 화포를 만들고, 논밭을
  가꾸고, 식량을 스스로 조달하여 23번 싸워 23번 모두 이겼다.

8. 윗사람이 알아주지 않는다고 불만을 갖지 말라

• 나는 오해와 의심, 질투 등으로 모든 공을 빼앗기고, 백의종군
  과 옥살이, 고문도 받았지만 그 누구도 원망하지 않았다.

9. 어렵고 힘들다고 절망하지 말라

• 나는 옥살이로 몸이 쇠약해진 상태에서 백의종군을 하다
  통제사로 재임명받아 13척의 낡은 배로 133척의 적을 막았다.

10. 옳지 못한 방법으로 가족을 사랑한다 말하지 말라

• 나는 스무한 살의 아들을 왜적의 칼날에 잃었고, 남은 아들 및
  조카들과 전쟁터에 나아가 최악의 상태에서 싸워 이겼다.

# 2장.

## 바라봄의
## 법칙

너는 마음을 다하여 여호와를 신뢰하고
네 명철을 의지하지 말라.
너는 범사에 그를 인정하라.
그리하면 네 길을 지도하시리라.

_ 성경, 잠언 3:5-6

# 바라봄의 법칙의 원조
## - 아브라함의 복

하나님께서 나이먹은 아브라함을 민족의 조상으로 세우실 때,

"기록된 바 내가 너를 많은 민족의 조상으로 세웠다 하심과 같으니 그가 믿은 바 하나님은 죽은 자를 살리시며 없는 것을 있는 것으로 부르시는 이시니라 아브라함이 바랄 수 없는 중에 바라고 믿었으니 이는 네 후손이 이같으리라 하신 말씀대로 많은 민족의 조상이 되게 하려 하심이라.

그가 백 세나 되어 자기 몸이 죽은 것 같고 사라의 태가 죽은 것 같음을 알고도 믿음이 약하여지지 아니하고 믿음이 없어 하나님의 약속을 의심하지 않고 믿음으로 견고하

여져서 하나님께 영광을 돌리며 약속하신 그것을 또한 능히 이루실 줄을 확신하였으니 그러므로 그것이 그에게 의로 여겨졌느니라"(로마서 4장 17~22절)

아브라함은 75세에 아들을 주시겠다는 하나님의 약속을 받았습니다. 그러나 실제로 아들을 얻기까지는 25년을 더 기다려야 했습니다. 아무리 하나님의 약속이 대단할지라도 그 성취는 아직 하나님의 손 안에 있습니다. 하나님의 약속은 틀림없지만 그 약속을 응답하는 시기와 장소는 하나님이 가지고 계신 것입니다.

그러므로 하나님의 은혜를 약속으로 받은 자는 그것이 이루어질 때까지 믿음으로 기다려야 합니다. 그런데 문제는 의심입니다. 믿었다고 해서 의심이 전혀 안 오는 것이 아닙니다. 마음속에 의심이 들락날락 밀물같이 들어왔다가 썰물같이 쫓겨나가고 하는 것입니다. 그러면 어떻게 해야 우리가 끝까지 믿음을 잃지 않고 기다릴 수가 있겠습니까?

하나님의 약속이 이루어진 모습을 꿈꾸고 상상하며 바라봄의 법칙을 실행하는 것입니다. 하나님께서는 아브라함에게 땅을 주실 때, 먼저 동서남북을 바라보라고 말씀

114

하셨습니다. 그래서 아브라함이 동, 서, 남, 북을 바라보니 "보이는 저 땅을 너와 네 자손에게 주리라."고 말씀하신 것입니다. 또, 하나님께서는 아브라함에게 자식을 줄 때에도 먼저 하늘의 별을 보여주셨습니다.

아브라함을 밤중에 불러내어서 하늘을 쳐다보고 별들을 헤아려 보라고 하셨습니다. 그래서 아브라함이 하늘을 쳐다보고 별들을 한없이 헤아리고 나니까, 하나님이 "네 자손이 저 별들처럼 많을 것이다"라고 하셨습니다. 그러므로 아브라함은 동서남북을 바라보면서 하나님이 주실 땅을 꿈꾸었고, 하늘의 별들을 바라보면서 많은 후손을 상상하고 마음속에 꿈을 가졌던 것입니다.

"내가 너로 큰 민족을 이루고 네게 복을 주어 네 이름을 창대케 하리니 너는 복의 근원이 될찌라 너를 축복하는 자에게는 내가 복을 내리고 너를 저주하는 자에게는 내가 저주하리니 땅의 모든 족속이 너를 인하여 복을 얻을 것이니라 하신지라"(창 12:2~3)

그러면서 내려주셨던 네 가지 복이란 무엇일까요?

**첫째,** 영적인 자녀를 얻게 합니다.
"내가 너로 큰 민족을 이루고…"(창 12:2)

아브라함이 자녀가 없는 상황에서 하나님이 주신 약속은 위대한 것이었습니다. 하나님의 약속은 약 600년이 지나 이스라엘 백성이 모세와 함께 출애굽 할 때에 성취된 모습을 보여주었습니다. 그때 전체 인구가 250만~300만 명 정도였습니다.

**둘째.** 존귀한 이름을 얻게 합니다.
"…네게 복을 주어 네 이름을 창대케 하리니 너는 복의 근원이 될지라"(창 12:2)
복의 근원이 된다는 것은 복의 사람이 된다는 것입니다. 샘에서 물이 흐르듯이, 아브라함의 복을 받아 복의 통로가 되는 것입니다.

**셋째.** 하나님이 함께 하십니다.
"너를 축복하는 자에게는 내가 복을 내리고 너를 저주하는 자에게는 내가 저주하리니 땅의 모든 족속이 너를 인하여 복을 얻을 것이니라 하신지라"(창 12:3)
하나님께서는 아브라함과 함께 하심으로 방패가 되시고 요새가 되신다고 약속을 주셨습니다. 이는 아브라함을 축복하는 자에게는 복을 내리지만, 아브라함을 함부로 대하는 자에게는 저주를 내리시겠다고 하신 것입니다.

**넷째.** 천국의 소망을 품어야 합니다.

"여호와께서 아브람에게 나타나 가라사대 내가 이땅을 네 자손에게 주리라 하신지라"(창 12:7)

하나님께서 아브라함에게 주신 약속은 땅에 대한 약속입니다. 하나님께서는 가나안 땅을 기업으로 주신다고 하셨습니다. 하나님의 약속은 모세를 통한 출애굽과 여호수아를 통한 가나안의 정복으로 성취됩니다.

하나님께서 아브라함을 통하여 주신 복은 천국의 기업입니다. 하나님이 믿음으로 구원받은 자에게 주신 복은 영생이며, 영원히 사는 처소는 천국인 것입니다.

저는 이 말씀을 항상 생각하고 바라보며, 자손 천대가 복을 받는, 아브라함의 축복을 받은 명품가문의 꿈을 꾸게 된 것입니다.

"네 입을 넓게 열라 내가 채우리라" - 시 81:10

# 바라보고 꿈꾸고 기도하면
# 응답받는다

조용기 목사님은 내가 가장 존경하는 목회자입니다. 저는 그분이 쓰신 책《4차원의 영성》을 100번 읽었습니다. 책에는 꿈이 현실이 되어 나타나는 사건이 기술되어 있습니다.

이 책은 4가지로 요약할 수 있습니다. 그 중 첫 번째가, '구체적으로 꿈을 꾸어라' 입니다. 숫자로 표시할 수 있을 정도로 구체적인 꿈을 꾸어야 합니다. 두 번째는 '그 꿈이 이루어지는 것을 바라보아야' 합니다. 세 번째는 '그 꿈이 이루어질 때까지 열렬히 기도해야' 합니다. 네 번째는, '입술의 고백을 통해서 선포해야' 합니다. 이 네 가지 성공원리는 성경의 원리와 일치합니다. 그것은 곧 하나님이 천지를 창조하실 때의 창조 법칙이고, 아브라함이 민족의 조상이 되었던 바라봄의 법칙이며, 예수님을 이땅에 보내셔서 인류를 구원하신 구원의 법칙입니다. 이 원칙들은 삶 속에서 실천하는 것이 중요합니다. 45년 전, 당시 순복음교회의 성도가 3~5만 명 정도였습니다. 하루는, 주일예배에서 조용기 목사님이 손가락 열 개를 피면서 "우리 순복음 교회는 10만 성도를 달성할 것이다!"라고 구체적인 숫자로된 비전을 바라보며 선포하셨습니다. 선포하신 후, 성도 수 10만 명이 달성되었고, 그후 계속 숫자로된 비전을 바라보고 선포하신 결과, 40만, 50만 성도를 넘어 80만 성도까지 목표가 달성되었습니다. 성경이 바로 이러한 원리로 이루어져 있고, 저 역시도 또한 이 원리를 실천했기 때문에 불가능할 것이라는 일들을 이룰 수 있었습니다.

그 이후로 저는 삶의 우선순위의 법칙에 의해서, 숫자로 표시된 크고 작은 기도 제목들을 종이에 적고 벽에 붙여서 바라보고 기도하고 입술의 고백을 통해서 선포했습니다. 그러자 삶 속에서 하루하루 기적이 일어났습니다. 하나님께서 꿈을 이루어주시는 것을 체험했습니다. 명품 가문의 꿈도 그렇게 해서 이루어진 것입니다.

미국에 어느 흑인 모자가 살고 있었습니다. 그 여인은 이혼을 당한 후 하루하루 품팔이를 하면서 힘겹게 살아가고 있었는데, 하루는 어린 아들이 엄마에게 칭얼거리며 졸라댔습니다.

"엄마, 나 고양이 키우면 안돼요? 고양이 사 달란 말이에요."

그렇지만 그녀는 고양이를 살 돈이 없었습니다. 날마다 조르는 아들을 볼 때마다 엄마의 마음은 너무 아팠지만 아들은 그런 엄마의 심정에는 아랑곳없이 끈질기게 졸라댔습니다.

"내 친구들은 강아지도 있고 앵무새도 있는데 왜 나는 고양이 한 마리도 없어요?"

여인은 그런 아들을 달래면서 이렇게 말했습니다.

"애야, 우리 좋으신 하나님께 기도해 보자꾸나. 하나님께서는 분명히 너에게 고양이를 선물로 주실 거야."

어머니는 아들의 손을 잡고 기도하기 시작했습니다.

"우리의 형편을 잘 아시는 하나님, 제게는 고양이를 살 돈이 없습니다. 저를 불쌍히 여겨주시고 부디 저의 아들이 간절히 소원하는 고양이를 한 마리 선물로 주시옵소서. 예수님 이름으로 기도드렸습니다. 아멘!"

아들이 어머니에게 물었습니다.

"엄마, 정말 하나님이 고양이를 선물로 주시나요?"

"그럼 얘야. 하나님은 못 하는 일이 없으신 분이란다. 고양이 정도는 문제도 아니지. 언제고 꼭 보내주실 테니까 우리는 기도만 하면 된단다. 하나님께서는 우리의 기도를 듣고 계시지. 그러니까 우리 날마다 이렇게 계속 기도하자꾸나."

그렇게 어머니와 아들은 계속 기도했습니다.

따뜻한 햇살이 비치는 어느 날, 어머니는 마당에서 뜨개질을 하며 앉아 있었고, 아들은 그 옆에서 종이에 장난 삼아 그림을 그리고 있었습니다. 그런데 이 무슨 날벼락인지, 저 높은 하늘에서 새까만 물체가 하나 떨어지는 것이었습니다. 가까이 가서 보니 그 물체는 검은 고양이였다. 어머니와 아들은 너무 놀랐습니다. 멀쩡한 하늘에서 고양이가 떨어지다니! 더군다나 그 고양이는 높은 하늘에서 떨어졌음에도 불구하고 마당을 어슬렁거리면서 돌아다니고 있었습니다.

그들 모자는 기뻐 뛰면서 하나님께 감사기도를 드렸습니다.

"하나님 아버지, 감사합니다. 결국은 저희들의 기도를 들어 주셨군요!"

이 이야기는 '하늘에서 떨어진 고양이'라는 제목으로 신문과 TV에 보도되면서 삽시간에 미국 전역으로 퍼져 나갔습니다. 아들은 날마다 고양이와 놀면서 즐거운 시간을 보낼 수 있었습니다.

그로부터 며칠 후, 어떤 사람이 찾아 와서는 자기가 주인이라며 그 고양이를 내 놓으라는 것이었습니다. 하늘에서 떨어진 고양이에게 주인이 있었다니……. 그 사람의 말은 다음과 같았습니다. .

자기는 여기서 800m 떨어진 마을에 사는 사람인데 어느 날 고양이가 나무 위로 올라가더니 안 내려와서 동네 사람들과 고양이를 끄집어내려고 하다가 결국에는 나무를 잡아당긴 손을 놓쳐버렸다는 것이었습니다. 그래서 그 반동으로 고양이가 나무에서 튕겨나가서 하늘로 솟아 버렸는데 여기저기 수소문을 해서 찾아보니 800m 거리에 있는 이 집에 있다고 했습니다. 그러면서 그 고양이의 원래 소유주는 자기이니 빨리 내 놓으라는 것이었습니다.

그러나 흑인 모자도 지지 않았습니다. 그 고양이는 자기들이 날마다 간절히 하나님께 기도로 매달려서 얻은 선물이기 때문에 절대로 내 줄 수 없다고 버텼습니다.

결국에 이 문제는 법정 소송으로까지 번졌고, 전문가들이 이 문제의 진위를 파악해 보려고 이 동네에 와서 조사를 시작했습니다. 고양이가 올라갔다는 나무로 가서 그 나무 꼭대기에 검정고양이와 똑같은 조건의 인조고양이를 매달아 놓고 실험을 시작했습니다. 그런데 아무리 나무를 잡아당겨서 날려 보내보아도 그 물체는 30m를 넘어 날아가지 않았습니다. 그렇게 시도해 보기를 여러 차례 해 보았지만 언제나 실험 결과는 마찬가지였습니다. 가깝게 떨어질 때는 20m, 멀리 가 보았자 30m가 고작이었습니다. 마침내 조사관들은 '고양이가 날아서 800m까지 갈 수는 없다'라는 보고서를 제출하였고, 법정에서는 '이는 하나님이 주신 선물이다'라는 판결이 내려졌습니다.

*

터미네이터로 유명한 아놀드 슈워제네거는 배우로서는 무명이었던 1974년 한 언론사 기자와 인터뷰를 했습니다. 그때 그는 할리우드에서 최고의 스타가 되는 것을 바라보고 꿈꿨습니다. 당연히 그를 인터뷰했던 기자는 코웃음을 쳤습니다. 풋내기 무명배우의 말이 너무나도 허황됐기 때문이었습니다. 당시 아놀드 슈워제네거에게는 미스터 올림피아에서 여러 차례 우승한 보디빌더로서의 경력이 전부였습니다. 그 기자는 조롱조로 슈워제네거에게 그런 유명한 스타가 되기 위해 어떤 노력을 하고 있는지를 물었습니다. 그에 대한 대답이 또 엉뚱했습니다.

"보디빌딩을 할 때처럼 그렇게 할 겁니다. 내가 대스타가 되어 있는 모습을 상상하고 바라보며, 이미 그렇게 된 것처럼 매일 매일을 사는 거지요."

그 기자는 슈워제네거를 과대망상에 빠진 젊은이라고 치부하고 고개를 절레절레 흔들며 인터뷰를 마쳤습니다.

그러나 그로부터 불과 몇 년 후, 정말 아놀드 슈워제네거는 할리우드 최고의 스타 배우가 되어서 부와 명성을 한 손에 거머쥐었습니다. 그러나 거기가 끝이 아니었습니다. 그는 미국의 명문가인 케네디 가문의 여성을 아내로 맞아들이고 자신의 입지를 더욱 공고히 해 나갔습니다. 1986년 그가 39세 때에 케네디 대통령의 조카인 마리아 수라이버와 결혼하여 세상을 놀라게 한 것이었습니다.

또 다시 그에게 기회가 왔습니다. 2003년 캘리포니아 주지사였던 그레이 데이비스(Gray Davis)가 주민 소환

확정으로 물러나면서 그의 후임으로 제38대 캘리포니아 주지사가 된 것입니다. 그는 2003년 11월 캘리포니아 주지사에 취임한 후 2011년 1월까지 8년 동안 주지사의 역할을 성공적으로 수행하였습니다.

이것은 정말 믿거나 말거나 한 슈워제네거의 고백입니다. 어렸을 때에 그는 책상머리에 세 가지 목표를 써 붙여 놓았다고 합니다.

"첫째, 나는 영화배우가 될 것이며, 둘째, 나는 케네디가의 여성과 결혼 할 것이며, 셋째, 나는 캘리포니아 주지사가 될 것이다."

60여 년이 지난 지금, 그의 세 가지 꿈은 완벽하게 이루어졌습니다. 아마도 슈워제네거는 지금 이 시간 또 다른 꿈을 바라보며 시각화하고 있을지도 모릅니다.

구하라 그리하면 너희에게 주실 것이요

찾으라 그리하면 찾아낼 것이요

문을 두드리라 그리하면 너희에게 열릴 것이니

구하는 이마다 받을 것이요

찾는 이는 찾아낼 것이요

두드리는 이에게는 열릴 것이니라

_ 성경, 마태복음 7:7-8

# 금식 기도로
# 어떠한 어려움도 극복한다


저는 어려움에 직면할 때마다 금식기도를 드리러 갑니다. 곡기를 끊고 하나님께 간절하게 드리는 금식기도에는 강한 영적인 힘이 있습니다. 예수님도 40일 금식을 하셨고, 많은 성인들이 금식기도를 통해 영적 강인함과 세상과 싸워나갈 수 있는 힘을 얻었습니다. 저 또한 금식기도를 통해서 영적성장과 더불어, 힘들 때 어려움을 극복할 수 있는 지혜와 힘을 얻었습니다.

저는 추석과 설, 이렇게 일년에 두 번씩 꼭 금식기도를 드리러 갑니다. 금식기도를 할 때에는 역시 삶의 우선순위의 법칙에 따라서 기도를 드립니다. 나라와 민족을 위해 기도하고 가정과 직장을 위해 기도합니다. 직장을 위해 기도할 때에는 나와 관계를 맺었던 구성원들의 이름을 하나씩 부르며 기도하고, 직장 상사들과 후배들, 특히 저를 괴롭게 했던 사람들을 위해 집중적으로 기도합니다. 그들이 잘 될 수 있도록, 그리고 하나님의 복음을 듣고 세상에 긍정적인 역할을 할 수 있는 사람이 되게 해달라고 기도합니다. 그리고 매번 저와 관련된 사람들의 이름을 헌금 봉투에 적고 감사헌금을 넣어서 감사의 기도를 드립니다.

금식기도를 마치고 다시 세상으로 나오면, 이상하게 꼬여있던 일들이 풀리는 기적같은 일들을 수차례 경험했습니다. 원수같았던 관계도 개선이 되었고 물질적인 문제도, 자녀와의 문제도 성경의 말씀과 같이 협력해서 선을 이루게 되었습니다. 그런 경험들로 인해 금식기도에는 강한 힘이 있다는 말이 진실임을 확신하게 되었습니다.

정말 힘들다면 모든 것을 내려놓고 금식기도를 해 보세요. 여러분 앞에 놀라운 역사가 펼쳐질 것입니다. 기적이 일어납니다. 때로는 사람을 통해서 그리고 때로는 전혀 예상치 못했던 방법으로 하나님은 역사하십니다.

성경의 이사야서 58장 6절에는 다음과 같은 말씀이 있습니다.

"나의 기뻐하는 금식은 흉악의 결박을 풀어주며 멍에의 줄을 끌러 주며 압제 당하는 자를 자유하게 하며 모든 멍에를 꺾는 것이 아니겠느냐"

또한, 마태복음 6장 17절에는 다음과 같이 기록되어 있습니다.

"이는 금식하는 자로 사람에게 보이지 않고 오직 은밀한 중에 계신 네 아버지께 보이게 하려 함이라. 은밀한 중에 보시는 네 아버지께서 갚으시리라"

저는 인생의 위기 때마다 금식기도로 극복했습니다. 대학 졸업 전에 걸프전이 터졌습니다. 그러다보니 취업이 안 되었습니다. 모든 학생들이 취업난에 무척이나 힘들어했습니다. 그래서 동기들은 취업의 기대치를 낮춰서 원하지 않는 기업에도 우선 취업을 했습니다.

그러다 졸업식이 다가왔습니다. 졸업식장에 가보니, 그곳에서 친구들은 명함을 전달하고 있었고, 이미 저의 친척들이 40명 이상 와서 저를 기다리고 있었습니다. 제가 9남매의 장손이기 때문에 친척분들은 저에 대해서 내심 기대를 하고 축하해 주려고 멀리서 온 것이었습니다. 그때 취업이 안된 상태로 친척들과 인사를 나누려니 너무나 창피했습니다.

과일과게를 하며 고생하시던 아버지의 마지막 소원이 '네가 펜대를 만지는 일을 하는 것을 보고 싶다. 과일장사, 재고 남는 장사는 너무 힘드니 하지 말라'였는데, 그 마지막 소원을 아들로서 꼭 이루어드리고 싶었습니다. 그래서 군대를 다녀온 이후에 3년 동안 머리를 깎고 죽기살기로 공부했지만 취업이 안된 현실이 너무나 갑갑했습니다.

졸업식이 끝나고 저는 비참한 심정을 하나님께 토로하고 싶은 마음에 오산리 최자실 금식 기도원에 들어갔습니다. 그곳에서 3박 4일 간 금식기도를 드렸습니다.

정신없이 기도를 드리다가, 빌립보서 4장 13절 말씀이 들려왔습니다. '내게 능력주시는 자 안에서 내가 모든 것을 할 수 있다', '다시 시도해 보자', '나에 대한 기대치를 낮추지는 말자', '목표했던 금융계에 꼭 들어가자'는 내면의 목소리가 들려온 것입니다.

금식 이후에는 아르바이트를 하면서 과외를 했습니다. 이전의 불안감은 사라지고, 하나님이 함께 한다는 믿음이 생겼고, '좋으신 하나님께서 내게 가장 좋은 직장을 주실 거야'라는 마음을 갖고 도서관에서 꾸준히 공부를 할 수 있었습니다. 그렇게 취업과 대학원 준비를 병행하고 있었는데, 걸프전으로 기업에서 겨울에 안 뽑았던 인원들을 봄과 여름에 대거 뽑기 시작했습니다. 어느 날 학과에서 연락이 왔습니다. 당시 대기업이나 은행권들의 취업 방식은 추천을 받고 전공 시험을 보는 방식이었습니다. 그때 저는 만약을 대비해서 경영학을 복수전공을 했는데, 무역학과에 경영학을 복수전공한 사람이 없었습니다. 그래서 하나은행과 대한투자신탁 등 세 군데에 추천서를 받아 지원할 수 있었습니다. 하나은행과 대한투자신탁에 서류합격을 하고 지금 하나증권의 전신인 대한투자신탁에 최종 합격을 할 수 있었습니다. 그렇게 아버지가 원하셨던 '펜대를 만지는 직업을 가지는 아들'의 꿈을 이루어 드리고, 40년 간 과일과게를 하시던 아버지의 성실함과 부지런함을 본받아, 한 번 만난 손님을 부모님 같이 생각하자는 마음으로 친절과 감사로 고객관리에 임했습니다. 그러다보니, 38세에 최연소 대한투자신탁(현, 하나증권) 도곡동 지점장을 역임할 수 있었습니다.

금식기도에는 힘이 있습니다. 선포하십시오. 기도하면 내가 변하고, 가족이 변하고, 세계가 달라질 수 있습니다.

그리하여 명품가문을 이룰 수 있는 새로운 영적 세계와 놀라운 기적을 체험해 보시기 바랍니다.

한가지 첨언 드리자면, 금식기도가 끝나고 나면 보식을 꼭 해야합니다. 위를 풀어주는 것이 중요한데, 이때 반드시 죽으로만 먹어야 합니다. 3일을 금식하면 3끼를 보식을 하고, 7일을 금식하면 7끼를 보식을 해야합니다. 그러지 않고 금식 후 보식 기간에 밥이나 고기등을 먹었다가 고생을 하는 경우도 있으니 주의해야 합니다.

# 기도의 힘은
# 어느 순간 폭발한다

중국의 '모소대나무'를 아십니까? 모소대나무는 중국 극동지방에서 자라는 희귀종인데. 농부들이 매일 정성을 들여도 4년간 고작 3cm밖에 자라지 않습니다.

그러나 이 대나무는 5년 째에 접어들면서 하루에 무려 30cm가 넘게 자라기 시작합니다. 그렇게 6주만에 15m 이상 자라게 되어 곧 울창한 대나무 숲으로 변해갑니다. 그렇게 성장을 할 수 있는 이유는, 모소대나무는 4년간 땅속으로 뿌리를 내리고 있었기 때문입니다. 우리의 기도가 이와 같습니다. 대부분의 기도는 티가 안납니다. 원하는 바를 하나님께 간청해도 그것이 이루어 지는지 모를 때가 많습니다. 그러나 하나님은 전혀 예상치 못한 방법으로 그 기도를 이루어 주십니다. 기도가 이루어 지지 않은 것 같지만 실은 내가 뿌렸던 기도의 씨앗은 꾸준히 자라나고 있었던 것입니다. 기도를 아무리 해도 이루어지지 않는 것 같아도 실망하지 마세요. 진심으로 드린 기도는 하늘에 모두 쌓이고 있습니다. 그리고 기도가 쌓이면 기적같은 일이 벌어집니다. "기도는 보이지 않아도 어느 순간 자란다"는 말을 꼭 기억하시기 바랍니다.

제가 수도없이 읽었던, 조용기 목사님의 《4차원의 영적 세계》에는 다음과 같은 놀라운 기도의 비밀이 있습니다.

① 꿈을 꾸되 구체적으로 꿈을 꿔라
② 그 꿈이 이루어 지는 것을 바라보아라
③ 열렬히 기도해라
④ 입술의 고백을 통해 선포하라

큰딸 혜인이가 결혼하기 전, 양가 부모님들의 상견례가 캐나다 벤쿠버항의 음식점에서 있었습니다. 신랑 부모들은 미국에 이민을 가서 자수성가하여 사업에 성공하신 분들이었습니다. 사위는 USC 의대를 나온 의사였습니다. 저는 20년 째 드린 금식기도를 포기하고 3일 먼저 가서 가족들을 만나면서 쉴까, 금식기도를 하고 갈까를 두고 고민했습니다. 결국 금식기도를 하기로 결심하고 감사기도를 드리고, 월요일날 아침, 죽을 먹은 후 저녁 비행기를 타고 가족들이 있는 캐나다로 갔습니다.

그때 시어머니 되실 분께 "어머님은 아들 둘을 의사로 키우시고 한 명은 간호학 박사로 키우신 것이 참 대단하십니다. 비결이 뭔가요?"라고 물어 보니, 바로 새벽기도라고 말씀하셨습니다. "인호(의사 사위)를 훌륭하게 키워주셨는데, 주변에 좋은 자매들이 많았는데 어떻게 혜인이를 신부로 맞이할 생각을 하시고, 아이들 결혼을 승락하셨나요?"라고 물어보니, 두 가지를 보고 결혼 승낙을 하게 되었다고 말씀하셨습니다. 첫 번째는, 혜인이가 하나님을 영접해서 주일을 잘 지키는 것이고, 두 번째는, 양가 부모가 기도하는 가정이었다는 것이었습니다. 저는 그때 깜짝 놀랐습니다. 제가 20년 동안 양 명절에 금식기도 한 그 기도가, 하나님께서는 나를 미리 준비시켰던 것이었습니다. 정말 그 순간에 깜짝 놀랐고 소름이 끼쳤습니다. 하나님께 너무 감사했습니다. "저는 남북통일을 위해서 20년 동안 양 명절에 금식기도를 했습니다. 이번에도 금식기도를 안하고 아이들을 만나러 먼저 오려다가, 금식기도를 마무리하고 캐나다에 왔는데, 이렇게 좋은 소식을 들어서 너무 감사합니다. 저는 금식기도는 자신있습니다. 양가가 함께 3박 4일 금식기도 하시지요!"라고 말하자 양가 참석자 모두가 빵 터지며 웃을 수 있었습니다. 그리고 이어서, 맛있는 음식이 나오자, 저에게 식사기도를 해달라는 제안이 들어왔습니다. 집사람이 옆구리를 쿡! 찔렀습니다. 그러면서 "여보! 짧고 약하게!"라고 속삭였습니다. 그래서 나는 "하나님! 양가가 모여 맛있는 음식을 먹고, 세계적인 명품가문이 되게 축복해 주십시오! 예수님의 이름으로 기도드렸습니다. 아멘."이라고 하며 간단하게 기도를 마쳤고, 그러자 박수가 터졌습니다. 모소대나무의 기적을 체험했던 순간이었습니다!

명품가문의 꿈을 꾸고 바라보며 20년 이상 금식기도한 그대로 다 이루어진 것입니다.

너희가 즐겨 순종하면 땅의
아름다운 소산을 먹을 것이요

_ 성경, 이사야 1:19

사진: 모소 대나무

# 나를 힘들게 하는 사람을 위해
# 기도한다

직장생활을 하다보면 일 때문에 힘든 것보다 인간관계 때문에 힘든 경우가 더 많습니다. 다양한 개성의 사람들이 모여있는 직장에서 모두가 내게 호의적이길 기대할 수는 없습니다. 저 또한 직장생활을 하면서 '사람' 때문에 힘든 고난의 시간을 보내기도 했습니다. 물론 주변에서 도움을 주고 격려해 주는 사람도 많았지만, 상사와 결이 맞지 않는다거나, 미운털이 박혀서 다방면으로 스트레스를 받고 많은 사람들 앞에서 모욕을 겪기도 했습니다.

그럴 때마다 이건희 회장의 '직장에서 배우는 가장 소중한 것은 인내심이다'라는 말을 떠올렸습니다. 그렇게 마음을 다져가며 직장생활을 하던 중에, 정말 힘들게 하는 상사 한분을 만나게 되었습니다. 하루하루가 지옥같아서 매일 울면서 기도했습니다. 당시에도 '삶의 우선순위의 법칙'에 따라서 기도를 했는데, '직장 상사를 위해 기도하라'는 원칙을 도저히 지킬 수 없었습니다. 예수님은 원수를 위해서까지도 기도하라고 하셨는데, 차마 입에서 그분을 위한 기도가 떨어지지를 않았습니다. 자꾸만 미움의 감정이 생겨나 기도가 되지 않았습니다. '그렇게 내게 모욕을 주고 괴롭혔는데, 도저히 그 사람을 위해서는 기도를 못하겠다!'라는 생각이 들었습니다.

그러던 어느 날 '직장도 사역지'라는 개념이 떠올랐습니다. 그리고 먼 이국에서 선교를 하고 있는 선교사들을 생각했습니다. '선교사들은 오지에서 복음을 전하면서 원주민들에게 목숨을 잃기도 하는 수난을 받지만, 그들은 원망하지 않는다. 그래! 날 괴롭히는 그분을 오지의 원주민이라고 생각하자!' 복음을 모르기 때문에 그렇게 행동하는 것이라 생각하니 그때부터 기도가 되기 시작했습니다. 그렇게 2년을 기도하고 나니 드디어 회사에서 인사이동을 발표했고 나는 하나금융그룹 지주회사로 발령이 났습니다. 그렇게 힘든 상사와의 고난의 시간을 겪고 나니, 회사에서 어렵다고 소문난 다른 상사들이 제겐 너무 편했습니다. 왠만한 고난은 견뎌나갈 수 있는 내공이 생긴 것입니다. 지금 돌이켜 보면 그러한 시련과 고난은 하나님께서 저를 직장인 사역의 복음을 전하기 위해 훈련시키셨다는 생각이 듭니다.

그 시절을 거치면서 직장에서의 선교회, 전도와 봉사활동에 폭발력이 생겼습니다. 증권단선교회 회장을 역임하면서 제가 몸담고 있는 회사 직원들의 전도를 위해 더욱 헌신했고, 직장내에서 하나님의 나라를 건설하기 위해서 최선을 다했습니다.

저는 증권단 선교회 회장을 하면서, '땅끝까지 이르러 복음을 전파하라'는 선봉대인 오지 선교자들의 간증을 듣고 물질지원을 많이 했습니다. 그러던 중 탈북자들의 간증을 듣게 되었습니다. 그때 엄청 울었습니다. 왜냐하면 그때까지만 해도 저는 세상에서 가장 가난한 나라가, 아프리카나 남미, 혹은 동남아시아의 오지에 있는 나라인 줄 알았습니다. 그런데 그 땅은 다른곳이 아닌 북한이었습니다. 3,000만 민족의 인권이 유린당하고 사상이 통제되는 현실은 정말 처참했습니다. 그리고 탈북자들은 목숨을 걸고 탈북을 해왔는데, 우리나라에 넘어오니 또다른 장벽인 '차별'이 있었습니다. 그리고 넘어오기 전에 너무

고생을 하고 열악한 위생환경 때문에 간염, 폐렴, 성병 등이 걸려있었습니다. 그래서 한참 동안 울었습니다. '앞으로 나의 선교의 모든 방향은 탈북자들과 남북통일을 위한 방향으로 나아가야겠구나'라고 생각했습니다. 그때부터 남북통일을 위해 기도하기 시작했습니다. 나의 사명(3C 중 하나)에 대해서 깨닫기 시작했습니다.

그렇게 남북통일을 위해 기도하기 시작하다 보니 꿈을 함께 하는 사람들이 주변에 모이기 시작했습니다. 전 평양 과학기술대학의 총장인 전유택 총장님을 알게 되었습니다. 건국대 부동산 최고위과정에서 특강 강사로 모셔서 북한 교육의 실태와 앞으로 통일이 되면, 남한의 카이스트와 교류를 하면서 학술과 문화 교류를 할 수 있도록 여러가지 아이디어를 교환하면서 열심으로 기도하고 있습니다.

# 아버지의 기도*

주님이시여!

내 아들로 하여금 연약할 때 그 사실을 알 만큼 강하고, 두려울 때 자신을 잃지 않을 만큼 담대한 사람이 되게하여 주옵시고, 내 아들로 하여금 패배를 당해서는 정직하게 인정하면서도 자부심이 있고, 뜻을 굽히지 않고 승리를 얻어서는 겸허하고 정중한 사람이 되게 하여 주옵소서.

내 아들로 하여금 생각하기도 전에 행동을 먼저 고집하지 말게 하여 주옵시고, 내 아들로 하여금 하나님을 참으로 알고 자기 스스로를 아는 것이 지식의 초석이란 사실을 알게 하여 주옵소서.

---

* 맥아더 장군이 태평양 전쟁이 한창이던 시기, 필리핀에서 5세의 어린 늦둥이 아들에게 쓴 글 (1964년에 공개)

기도하옵건대, 내 아들로 하여금 쉽고 편안한 길로 인도하지 마옵시고 고난과 도전에 직면하여서도 분연히 싸우며 당당히 대항해 나아갈 수 있도록 인도하여 주옵소서. 그리하여 폭풍 속에서도 용감히 맞서는 법을 배우게 하여 주옵시고, 패배를 당한 자에게는 관용을 베풀 줄 아는 법도 배우게 하여 주옵소서.

내 아들로 하여금 맑은 마음과 높은 이상을 갖게 하여 주옵시고, 남을 다스리기에 앞서 자기 스스로를 다스릴 줄 아는 사람, 미래를 향해 나아 가면서도 결코 과거를 잊지 않는 사람이 되게 하여 주옵소서.

그가 이 모든 사실을 구비한 연후에도, 기도하옵건대, 유머를 이해하는 마음을 더하여 주시어서 그로 하여금 늘 심각하면서도 자기 스스로의 문제를 너무 심각하게 생각하지 말게 하여 주옵소서. 또한 그에게 겸손한 마음을 갖게 하여 주시어서 위대한 사람이 갖는 소박함과 참된 지혜자에게서 나오는 열린 마음과 진정한 강자만이 소유하고 있는 온유함을 항상 기억하게 하여 주옵소서.

그리하오면 그의 아비인 내가 "제가 헛되이 살지 않았나이다." 하고 감히 당신께 아뢰겠나이다. 아멘!

– 더글라스 맥아더 장군

# 어느 무명 용사의 기도

강한 사람이 되게 해달라고 기도했습니다.

그러나 약자가 되게 하시어 겸손하고 순종하는 법을 배우게 해주셨습니다.

부자가 되게 해달라고 기도했습니다.

그러나 가난한 사람으로 지혜롭게 인생을 살도록 해주셨습니다.

권력자가 되게 해달라고 기도했습니다.

그러나 약자가 되게 하시어 하나님을 의지하는 신앙인으로 살게 해주셨습니다.

인생을 재미있게 즐길 수 있는 모든 것들을 달라고 기도했습니다.

그러나 모든 것을 즐기고 감사할 수 있는 생명을 주셨습니다.

내가 하나님께 간구한 것은 아무것도 없습니다.

그러나 마음 속에서 희망했던 것은 모두 받았습니다.

나 자신의 모습 그대로

나는 하나님의 축복을 가장 많이 받은 사람 중 한 명이라고 고백합니다.

# 기도하고 노력하면
# 100배의 능력이 생긴다

 

사람들은 제가 처음부터 강의를 잘 했거나 말을 잘하는 사람으로 알고 있습니다. 수백 명의 청중들을 휘어잡거나 카이스트 (S+최고위 AMP) 초빙교수를 하는 것을 보면서 의례 말을 잘하는 사람으로 생각하는 것입니다.

하지만 예전의 저는 지금과는 너무나 달랐습니다. 과거의 모습을 생각해 보면 말할 수 없을 정도로 소심하고 앞에 나서기를 주저하는 사람이었습니다.

그 당시 저는 사람들 앞에 서는 게 두려웠습니다. 심장이 두근거리고 말이 나오지 않았습니다. 그런데 어떻게 변화된 것일까요? 변화의 시작은 하나님을 알고 신앙을 갖게 되면서, 삶의 우선순위의 법칙에 따라서 해야 할 일을 결정하고 기도하는 것부터 시작되었습니다. 회사생활을 하다 보니 소심하고 내성적인 성격을 갖고는 성공하기 힘들겠다는 생각이 들었습니다. 회사생활을 잘 해보고 싶은데 어디서부터 시작해야 할지 몰랐습니다. 그래서 누구를 만나도 움츠러들지 않고 당당하게 이야기 하는 법을 터득하게 해달라고 기도했습니다.

지금이야 기업의 사장님들도 알고 다양한 산업분야에 걸쳐 인맥이 있지만 신입 시절에는 아는 사람들이 없었습니다. 영업을 해야하는데 할 수 있는 것은 현장으로 나가는 것 뿐이었습니다. 기업의 재무담당자나 관련부서를 찾아가서 회사의 금융상품과 서비스를 설명해야 했습니다. 물론 대부분 이야기를 들어 보기도 전에 '나가라'는 반응이었습니다.

'나가세요! 들어오시면 안됩니다' 라는 말부터 심지어는 '당신 뭐하는 사람이야?!' 라며 막말하는 경우도 부지기수였습니다. 그리고 이상한 사람이 들어왔다고 일층 경비실에다 신고를 하기도 했습니다. 죄를 진 것도 아닌데 50분간 화장실에 숨어있기도 했습니다.

창피하고 얼굴이 빨개졌습니다. 퇴근해서는 좌절감이 들었고 힘들었습니다. '이런 대접을 받기 위해 열심히 공부해서 금융회사에 취업했나?' '대충 하고 들어갈까?' '다른 부서나 다른 지점이나 본사로 발령을 내달라고 이야기해 볼까?' 라는 생각까지 들었습니다.

이런 부정적인 생각과 좌절감에 젖어 3개월 이상 허우적거렸습니다. 실적은 당연히 바닥이었고 문제 직원으로 낙인 찍혔습니다.

저는 한동안 패배감에 사로잡혀 있었지만 기도를 쉬지 않았습니다. 그때 수도 없이 외웠던 빌립보서 4장 13절 '내게 능력 주시는 자 안에서 내가 모든 것을 할 수 있느니라'는 말씀과 함께 힘을 주었던 것은 KFC 할아버지의 이야기였습니다. KFC를 설립한 커넬 센더스는 전국을 돌며 수백 번의 거절과 푸대접을 겪습니다. 그럼에도 굴하지 않고 문을 두드립니다. 결국 그를 알아주는 한 명의 투자자를 만나서 오늘날의 KFC를 만들게 됩니다. 이 이야기가 당시 내 너무 마음에 와 닿았습니다. 그리고는 생각했습니다.

'나만 이런 경험을 하는 것이 아니구나!'

저만큼 힘들었던 사람들의 이야기를 접하자 힘이 생겼

습니다. 그리고 '지금 내가 사람들에게 거절당하는 훈련을 하고 있는 것이구나'라는 생각이 들었습니다. 저는 사람의 마음을 읽는 방법을 배우고 있던 것이었습니다. 그것도 월급을 받아가며 몸소 체험하고 있는 것이었습니다. 그런 공부를 월급까지 받으며 하고 있다고 생각하니 창피한 마음도 없어지고 더 힘이 나는 것이었습니다.

《부자 아빠 가난한 아빠》의 저자인 로버트 기요사키도 '성공하려면 반드시 영업은 해봐야 한다'고 이야기했습니다.

이제는 창피한 감정이 들어도 창피해하지 않기로 마음 먹었습니다. 마음을 고쳐 먹고 사람들을 만나기 시작 하니깐 '너 왜 또 왔어?!' 라는 이야기를 들어도 '잠깐 지나가다 들렸습니다' 라고 웃으며 당당하게 화답했습니다. 밝은 모습으로 '지나가던 길에 인사 드리러 왔습니다!' 라고 이야기 했습니다. 마태복음 7장 7절의 '구하라 그리하면 너희에게 주실 것이요 찾으라 그리하면 찾아낼 것이요' 라는 말씀을 믿고 자주 찾아가니 기업의 담당자들이나 건물의 경비업무를 하는 분들도 어느 순간 대하는 태도가 이전과는 다르게 변하고 있다는 것이 느껴졌습니다.

밝은 모습으로 자주 찾아가서 인사를 드렸습니다. 상대방이 무안을 주더라도 예의를 갖춰 대하는 상황이 반복되자 조금씩 상대방의 태도가 누그러졌습니다. 오히려 상대방이 조금씩 미안한 마음을 느끼는 것 같았습니다. 그렇게 여기저기를 꾸준히 다니며 구두를 일년에 두 켤레를 갈아 신었습니다. 구두 뒷굽이 금세 다 닳았습니다. 일년이 지나자 담당자 이름도 많이 알게 되고 안면이 생기자 더이상 쫓아내지는 않았습니다.

항상 자료를 준비하고 상대방의 눈을 보면서 밝은 모습으로 이야기했습니다. 처음에는 까다로웠던 담당자들도 조금씩 마음의 문을 열기 시작했습니다.

어느 순간 사람들은 '이 사람이 무슨 이야기를 하려고 왔는지 들어나 보자'라는 마음에 저의 이야기에 귀 기울이기 시작했고 드디어 신규 거래가 일어나게 되었습니다. 처음 거래가 터지자 그 다음부터는 저를 내쫓고 무시했던 분들이 오히려 다른 거래처를 소개해 주기 시작했습니다.

그리고 나중에는 오히려 '박대리, 그때는 내가 미안했어!'라고 사과까지 하셨습니다. 이 한마디에 저의 모든 상처가 녹아 내렸습니다.

소개를 받고 인맥이 생기자 초반에 부진했던 실적이 늘어났습니다. 처음으로 회사에서 '보람'을 맛볼 수 있었습니다. '나도 하면 되는 구나'라는 생각이 들었습니다. 그리고 '뛰는 놈에게 밀어준다'라는 큰 깨우침과 네트워크 원리의 중요성을 알게 되었습니다.

꼴찌를 하던 제가 큰 자금을 끌어 모으고 실적이 증가하니깐 회사에 소문이 났습니다. 회사에서 강의 요청까지 들어 왔습니다. 존재감이 없던 나를 알아준다는 사실이 기쁘기도 했지만 강의를 해본 적이 없어서 겁이 났습니다. 열심히 뛰어다녀서 실적은 올렸지만 강의는 다른 세계라는 생각이 들었습니다.


'내가 강의를 잘할 수 있을까?'


사람들 앞에 서는 것이 무섭다는 생각이 들었습니다. 강의를 해보겠다고 할지, 그냥 맡은 업무에 충실하겠다고 할지 고민이 되었습니다. 그런데 영업을 잘하게 되어서 실적을 올린 것도 '시작'했기 때문이라는 생각이 들었습니다. '내 앞에 온 일을 긍정적으로 받아들이자'라고 결심했습니다.

"강의를 해보고 싶습니다."

일단 받아들이고 기도했습니다. '어떻게 하면 강의를 잘 할 수 있을까?' 라는 생각을 거듭하자 강의 생각에 잠이 안 왔습니다.

강의에 관한 책을 30권 이상 읽었습니다. 그리고 밤낮으로 연습했습니다. '길바닥의 보도블록이 청중이다'라고 생각하고 출퇴근길마다 연습했습니다. 시간 날 때마다 사물이나 허공에 대고 말을 했습니다. 보도블록과 자연을 관중 삼아서 스토리텔링을 했습니다.

집에서는 책을 보고 주제를 정리해 나갔습니다. 한달을 그렇게 했더니 거울 앞에서조차 소심하고 버벅거리던 제가 조금씩 바뀌기 시작했습니다.


'연습만이 완벽하게 만든다.'


영업이든 강의든 모두 결론은 '실전과 같은 연습'이었습니다. 무대의 공포를 없애는 방법은 연습밖에는 없다는 생각에 강의안을 계속하며 암기해 나가기 시작했습니다. 무의식적으로 말이 술술 나올 수 있다면 무서운 기분이 들지 않을 수 있다고 생각했습니다.

실력이 늘어나는 것을 스스로 느끼다 보니 더 잘하고 싶었습니다.

그렇게 처음 한두 번의 강의를 성공적으로 마치자 계속해서 강의섭외가 들어왔습니다. 조흥은행에서 2,000명 이상을 앞에 두고 강의를 하고 하나은행에서도 4,000명 이상의 임직원을 대상으로 교육을 했습니다.

강의는 고객관리에 관한 것이었는데 "첫째, 고객은 우리 어머니 아버지이며 돈은 고객의 피다. 둘째, 분산 투자해라[2.3.5(1/3법칙)] 셋째, 인생을 길게 보고 장기투자해라[100살-나이] 넷째, 고객관리 10계명"이라는 내용이었습니다. 이게 큰 히트를 쳤습니다. 저의 강의가 쉬우면서 강렬한 메시지를 줬고 좋았다는 반응이었습니다.

무엇이든 자신의 앞에 과제가 주어졌다면 능력이 부족하다고 생각하지 말고 긍정적으로 받아들이고 기도하고 행동으로 옮기는 것이 중요합니다.

소심하고 패배감에 젖어 사람들 앞에만 서면 심장이 두근거리던 제가 해냈으니 여러분도 할 수 있습니다. 과제가 주어졌다면 일단 받아들이고 기도하는 것이 중요합니다. 그러다 보면 기도 중에, 그리고 일상 생활 속에서 숨어

있던 능력을 발견하게 되어있습니다. 설령 실패하더라도 경험이 남게 되고 그것은 다음 번의 성공을 위한 토양이 됩니다.

도전을 받아들여라.

그러면 승리의 쾌감을 맛볼지도 모른다.

Accept challenges, so that you may feel the
exhilaration of victory.

· 조지 S. 패튼 George S. Patton ·

아무것도 염려하지 말고 다만 모든 일에 기도와

간구로 너희 구할 것을 감사함으로

하나님께 아뢰라

_ 성경, 빌립보서 4:6

# 나라를 위한 기도

하나님 아버지 감사합니다.

북한 동포들과 남북통일을 위해 기도합니다.

북한의 가난과 질병이 물러나게 해주십시오.

남북이 통일되게 해주십시오.

한반도에 평화가 와서, 통일대한민국이 세계의 중심되게 하여 주시옵고,

전 세계 복음화의 축복의 통로가 되게 해 주시옵소서.

가난하고 복음이 없는 나라에 복음을 전하게 해주시옵소서. 예루살렘의 땅끝까지 복음을 전하라 증인되라는 말씀을 실천하여 이 땅에 아름다운 하나님 나라를 건설할 수 있게 하여 주시옵소서.

# 가정을 위한기도

하나님 아버지, 가정을 위해 기도합니다.

우리 가정이 주 안에서 세계적인 명품가문이 되게 하여 주시옵소서.

항상 건강하게 해 주시옵고, 이를 통해 하나님의 사명을 감당하는 행복한 가정이 되게 해 주시옵소서.

우리 가족 구성원 모두가 남에게 꾸어줄지언정, 꾸임 받지않게 해 주시옵소서. 주님 말씀대로 순종하여 사회에 기여하고 신실한 삶을 살아갈 수 있도록 해 주시옵소서.

그리하여, 김혜성, 박종혁, 박혜인, 박진주가 세계적인 영적 지도자가 되게 하여 주시옵고, 주 안에서 건강하고 행복한 가정을 이룰 수 있도록 해 주시옵소서.

# 직장을 위한 기도

하나님 아버지, 직장을 위해 기도합니다.

제가 몸담고 있는 회사가 세계적인 기업으로 발전하게 해 주시고, 회장님, 사장님, 그리고 모든 직원들이 건강하고 각자의 맡은 바 직분을 잘 감당하게 해 주시기를 기도합니다. 제가 다니는 동안 제가 가진 달란트를 온전히 발휘해서 회사에 크게 기여할 수 있도록 해 주시옵소서.

그리하여 하나님께 '착하고 충성된 종아 네가 직장에서 잘 했구나'라는 말을 들을 수 있도록 해 주시옵고, 부끄럽지 않은 부하직원이요, 상사가 될 수 있게 해 주시옵소서. 직장은 영적 사역지라는 사실을 마음에 간직하고 직장복음화와 선교에 최선을 다하게 해 주시옵소서.

# 취미를 위한 기도

하나님 아버지, 삶에서 빛과 소금의 역할을 하는 것이 취미와 여가 활동입니다. 이제, 제가 인생에서 꼭 배우고 싶었던 성악에 도전합니다. 성악을 취미와 여가 활동 삼아, 긍정의 에너지를 얻을 수 있게 하여 주시옵고, 성악을 배워서 많은 사람들을 기쁘고 즐겁게 하는데 일조하게 도와주시옵소서.

HYUN · SEOUL

# 3장.

## 감사, 봉사, 사명의
## 법칙

사람이 마음으로 자기의 길을 계획할지라도

그의 걸음을 인도하시는 이는 여호와시니라

_ 성경, 잠언 16:8

# 교통사고를 경험한 이후
# 삶이 바뀌다


쉬는 날이 없이 일을 하고 공부를 하며 사람들을 만나던 어느날 아침이었습니다. 그날도 업무 관계로 미팅이 잡혀있었는데, 우면산 터널을 지나다가 시간이 멈춘 듯한 기분이 들었습니다. 그리고는 갑자기 쿵! 하는 소리와 함께 유리창이 깨졌습니다. 순간적으로 1초를 졸았던 것입니다. 정신을 차려보니 차의 앞부분은 형체를 알아볼 수 없게 파손되어 있었고, 운전석 내부가 밀려 핸들이 저의 가슴과 배를 조여왔습니다. 우면산 터널의 벽이 차를 파고 들어와 곧 이마에 닿을 것 같은 느낌이었습니다. 공포감에 질려 "주여! 주여!"를 연발했습니다.

제발, 제발…… 그리고 얼마나 정신을 잃었는지 모르겠

습니다.

다시 정신을 차려보니 '숨을 쉴 수 있을까'라는 생각이
들었습니다. 다행히 숨이 쉬어졌습니다. 그리고 '다리는
온전한가?'라는 생각에 다리를 만져봤습니다. 다행히 멀
쩡한 것 같았고 다리에 힘을 줄 수 있었습니다. 가슴과 배
는 시퍼렇게 피멍이 들었습니다. '나는 아직 56세인데, 아
직 할 일이 많이 남아있는데, 이렇게 죽을 수는 없습니다.
아이들이 결혼하는 것도 보아야하고, 남북통일과 한류대
학 설립을 위해 해야 할 일도 많이 남았습니다.'

이미 사고 현장에는 많은 분들이 출동해서 사고처리를
하고 있었습니다. 모두가 제가 살아난 게 기적이라고 입
을 모았습니다. 감사함에 눈물이 흘렀습니다.

그때 머리속에서는 '아! 하나님께서 남은 인생을 의미
있게 살라고 하시는 것이구나!' 라는 생각이 스쳐 지나갔
습니다. 그리고 하나님께서 주신 육신이 얼마나 소중한지
새삼 느껴졌습니다. 그때 결심했습니다. '건강한 두 다리
로, 다른 사람들을 위해 봉사하면서 살아야겠구나!'

당시 저의 몸무게가 96kg였습니다. 돌이켜보니 아이들
과 가족들을 위한다고 쉬지 않고 일을 하고 7년 정도 몸을
돌보지 않았습니다. 층계를 조금만 걸어 올라가도 숨이 헉

혁 차올랐고, 자다가 자꾸만 가위에 눌려 수시로 잠을 깼고 땀이 비오듯이 흘렸습니다. 몸이 힘들어지니 마음도 여유가 없어졌고 작은 일에도 불안해 하곤 했습니다. '이래서는 안되겠다. 지금부터 다시 건강관리를 시작해야겠다'는 생각이 절박하게 들었습니다. 그리고 언제 이 세상을 떠날지 모른다는 생각이 들었습니다. 그래서 '나의 유언'을 작성했습니다. 언제라도 하나님께서 하늘나라로 데리고 가실 수 있다는 생각을 하니 하루하루가 더 소중해졌습니다. 감사함의 마음이 넘쳐났습니다. 그리고 지금까지 이렇게 살아온 것이 모두 하나님의 은혜라고 느껴졌습니다. 그리고 살아오면서 깨달은 소중한 가치들을 꼭 자녀들과 이후의 세대들에게 남기고 싶었습니다. 그래서 종이 위에 '나의 유언'을 작성하기 시작했습니다.

나의 유언은 주일을 지키는 것으로 시작해서 나라와 민족과 명품가문을 위해 노력할 것과, 끝없는 배움에 대한 도전으로 마무리 됩니다.

# 나의 유언 다섯 가지

① **주일을 지켜라**

주일 예배를 드리고 휴식과 성찰의 시간을 갖는다

② **나라와 민족을 위해 일한다**

남북통일을 위해 기도하라

③ **세계적인 명품가문을 만들자**

명품가문은 가장과 아내, 자녀들 모두가 합심으로 노
력할 때 만들어지는 것이다

④ **10,000권의 책을 읽어라**

책은 인생의 가장 큰 스승이다

⑤ **공부는 아빠 이상으로 해라**

배움의 끝은 없다

# 속도의 함정을
# 주의하자


열심히 하는 많은 기업들이나 부자들이 무너지고 마는 경우를 보게 됩니다. 잘나가는 기업이나 부자들이 무너지는 이유 중 하나는 '삶의 속도' 때문입니다. 더 빠르게 성공하고 싶고 더 멀리 가고 싶기 때문에 달립니다. 가속도가 붙고 그 속도를 못 이기고 결국에는 나가 떨어지게 됩니다. 그래서 우리는 인생에서 휴식이라는 브레이크를 가져야 합니다.

사람들은 일이 잘되면 더 열심히 합니다. 그런데 그 가속도가 삶을 망가트리기도 합니다. 삶의 의미와 가치가 매몰되는 것입니다. 일상이 바빠지면서 삶의 속도가 빨라지고 바쁠 수록 원심력이 생겨서 '삶의 중심'에서 멀어지져 인생의 의미와 사명을 상실하게 됩니다.

저는 '절대 무리하지 않는다'는 원칙을 마음에 두고 몸 관리와 정신 관리를 해왔습니다. 그리고 항상 규칙적으로 생활을 했습니다.

특히 모임이나 술자리가 있을 때 3차를 안 갑니다. 3차를 가자고 끌고 가면 도망 나와 버립니다. 왜냐하면 중요한 것은 2차 때 다 이야기했기 때문입니다. 맑은 정신에서 이미 다 이야기를 하고 3차에서는 보통 술에 취해 다음날 기억도 못하는 경우가 많습니다. 사회생활을 오래 하며 보니 깨우친 것은 무리하면 안된다는 것입니다. 사실상의 중요한 대화는 맑은 정신에서 이루어 집니다.

규칙적인 생활을 하는 데에도 원칙이 있습니다. 6일은 정말 열심히 삽니다. 저는 '1주 4모작'을 했는데, 주중(월~금)은 3개의 세션으로 나눠서 관리했습니다. 아침 조찬 모임을 오전 7시~9시까지 갖고, 정규 시간 9시~ 6시까지는 직장생활에 최선을 다했고, 6시 이후 저녁시간은 저녁 모임(예를들어 대학원 등)을 갖고, 주말에는 주말모임을 가졌습니다. 그래서 눈덩이 효과로 4개의 모임이 생태계를 이뤄 유기적으로 맞물려 돌아갔고, 더 부지런해질 수 있었으며 짜임새 있는 삶을 살게 되었습니다. 이것이 제가 38살에 하나증권 도곡동 지점장을 거쳐서 임원인 상무까지 될 수 있었던 비법이었습니다. 그리고 주일에는 책을 읽고 교회에 가고 자신만의 시간을 갖습니다. 그렇게 해서 거대한 인적 네트워크를 쌓을 수 있었고, 그러한 인적 네트워크 생태계는 삶에서 중요한 결정을 해야할 때, 그리고 필요할 때마다 큰 도움을 주었습니다.

일을 할 때에도 원칙이 있습니다. 일단 프로젝트의 중요도를 분류합니다. 프로젝트의 중요도에 따라 대, 중, 소로 분류하고, 긴급의 중요도에 따라 다시 분류합니다. 긴급하면 중요한 일이면 순발력 있게 빨리 착수합니다. '멍때리고' 있으면 안 됩니다. 그리고 전략적으로 포기해야할 것들은 과감하게 포기해 버립니다. 아예 안 해버리는 것입니다. 자원은 한정되어있기 때문에 모든 일에 있어서 자원 관리를 항상 생각합니다.

회사를 다니면서 카이스트 대학원(EMBA)을 다닐 때에는 금요일 저녁과 토요일에 수업이 이틀 있었습니다. 사람들은 모두 다 열심히 공부했습니다.

저는 삶의 우선 순위에 따라서 회사에 있을 때에는 일에 모든 에너지를 집중했습니다. 흥미를 느끼고 재미있는 과목은 집중해서 A를 맞고, 흥미 없는 과목들은 B를 맞았습니다. 그러한 선택과 집중의 원칙에 따라 공부와 직장 생활을 병행한 결과, 졸업할 때에는 KAIST EMBA 최우수 논문상을 수상하기도 했습니다.

자원 배분이 중요합니다. 리소스에 따른 시간 배분을 해야 합니다. 시간과 에너지는 정해져 있다는 사실을 명심하고 자신의 역량을 정확히 파악해야 합니다. 저는 잘 못하는 분야면 잘하는 사람들에게 물어보기도 하고 도움을 요청하기도 했습니다. 에너지를 절약하면서 잠도 틈틈이 잤습니다.

차량으로 이동할 때 후배들이 운전을 해주면 쪽잠을 조금씩 잤습니다. 협상과 대화를 할 때처럼 자신의 가치를 극대화 해야 할 때는 틈틈이 쉬어 주어야 합니다. 그래야 더 큰 에너지가 나오게 됩니다. 그리고 우울할 때는 쉽니다. 휴식은 정말 중요한 가치입니다. 몸이 건강하지 않으면 어떠한 일도 하기 힘듭니다.

*

아인슈타인을 천재로만 알고 있지만 그는 휴식의 중요

성을 누구보다 알고 있는 사람이었습니다. 아인슈타인에게 제자들이 질문했습니다.

"선생님의 많고 위대한 학문은 어디서 왔습니까?"

아인슈타인은 손 끝에 한 방울의 물을 떨어뜨렸습니다. 바다에 비한다면 자신의 학문은 한 방울의 물에 지나지 않는다고 대답했습니다. 제자들은 다시 질문했습니다.

"그러면 선생님은 어떻게 성공 하셨나요?"

아인슈타인은 $S=X+Y+Z$ 라고 썼습니다.

여기서 S는 성공입니다. 그리고 X(침묵)는 말을 많이 하지 않는 것입니다. 말하기보다는 말하고 싶은 것을 적는데 많은 시간을 투자해야 한다는 말입니다. 또 Y(일함)는 일을 즐기는 것입니다. 그리고 Z(휴식)는 한가한 시간을 가지는 것입니다.

인생을 지루하게 여기면 창의력이 나오지 않는 법입니다. 이 말은 여유가 없으면 생각에 깊이 빠져들 수가 없고, 이성적인 판단이 나올 수 없다는 말입니다.

아침 5시면 일어나는 저를 보고 사람들은 다음과 같은 질문을 합니다.

"어떻게 하면 아침형 인간이 될 수 있나요?"

일찍 일어나는 생활의 비밀 또한 휴식에 있습니다. 일찍 일어나려면 일찍 자야 합니다. 억지로 잠을 줄이려고 하면 안됩니다. 그리고 주말에는 충분한 휴식을 취해야 합니다.

아침에 피곤하다고 호소하는 사람들은 대부분 늦게 잡니다. 그리고 개개인에 따른 적정 수면시간(7~8시간)은 생각하지 않은 채 억지로 잠을 줄이려고 합니다. 주말에는 술을 마시거나 유흥에 에너지를 소모하는 경우가 많습니다. 아침형 인간이 되고 싶다면 평소에 일찍 자고 주말에 충분한 재충전의 시간을 가져야합니다.

# 건강관리 10계명

① 건강을 위해 기도하라

② 구체적인 목표를 세워라

③ 멘토를 찾아라

④ 좋은 장소에서 운동하라

⑤ 동역자를 찾아라

⑥ 작지만 꾸준하게 하라

⑦ 음식을 잘 섭취하라

⑧ 재미를 붙일 수 있는 실전 운동을 찾아라

⑨ 운동을 시작했으면 땀을 흠뻑 흘려라

⑩ 가르쳐라: 가르치면 실력이 향상되고 지속성이 생긴다

# 강력한 체력은
# 성공의 필수 조건

우리 모두는 건강의 중요성을 알고 있습니다. 하지만 정작 몸에 관심을 기울이는 경우가 많지 않습니다. 따져 보면 하루의 대부분을 회사나 학교에서 보내는데, 건강을 위한 운동을 하는 시간은 하루에 1시간이 안되는 경우가 많습니다.

저 또한 회사 일이 바쁘다는 핑계로 운동을 하지 않을 때는 아침이 항상 피곤하고 일찍 일어나지 못했습니다. 가정 파탄의 위기 이후 삶을 바꿔보고자 매일 아침 윗몸 일으키기를 100개씩 하고 난 이후에는 머리가 맑아지고 아침에 일어나는 것이 상쾌해졌습니다. 회사에서도 짜증이 덜 났습니다. 일이 더 잘 되고 집중력이 생기게 되었고 피로를 잘 느끼지 않으니 야근해도 밝은 모습으로 일을 할 수 있었습니다.

로마의 시인 유베날리스(Juvenalis)가 했던 '건강한 육체에 건강한 정신이 깃든다' 라는 말의 의미가 이해 되었습니다. 강한 정신력은 강한 체력에서 나옵니다.

주변의 성공한 CEO들을 관찰해 보면서 놀라운 공통점을 발견했습니다. 그들은 모두 건강한 신체를 갖고 있으며 건강 관리를 꾸준히 한다는 것이었습니다. 골프와 등산을 주기적으로 하고 몸을 망가뜨리는 술이나 담배를 하지 않는 경우가 많습니다. 놀라운 것은 50~60대의 사장님들이 젊은 사람들보다도 체력이 좋은 경우가 많다는 것입니다.

아들 종혁이가 초등학교 4학년 때 몸이 뭔가 이상한 듯하여 대학병원에 데리고 갔습니다. 여러 가지 검사를 받은 후 의사선생님이 조용히 보호자를 불렀습니다. 그때 선생님의 한 마디는 심장이 무너지는 듯 했습니다.


"아이의 성장판이 멈추었습니다."

"네?! 성장판이 멈추다니요? 그럼 이대로 성장을 할 수 없게 된단 말인가요?"

종혁이의 키가 당시 150cm이었고 병원에서는 더 이상 키가 크기 힘들다고 했습니다. 유일한 치료법은 뼈 주사를 맞아 보는 것이었는데 그것 역시 결과를 장담할 수 없다고 했습니다. 당시에도 형편이 넉넉하지는 않았지만 한 달에 무려 150만 원씩 드는 '뼈 주사'를 2년 동안 맞게 했지만 아무런 진전이 없었습니다.

캐나다로 유학을 가야하는데 병원에서는 6개월에 한 번씩 한국에 들어와서 약을 타 가라고 했습니다.

어느날, '성장판이 멈춘 원인이 스트레스에 있다면 스트레스를 받지 않게 해주면 되지 않을까?' 라는 생각이 들었습니다.

그날 즉시 학원을 끊고 공부로 인한 스트레스를 받지 않게 해 주었습니다. 믿음으로 기도하고 약을 쓰레기통에 던져 버렸습니다.

캐나다에 유학을 가서는 수영을 하루에 3시간씩 시켰습니다. 그 후 어떻게 됐을까요? 병원에서 성장판이 멈췄다고 진단받은 아이가 키가 176cm이상 자랐고 지금도 크고 있습니다. 종혁이의 병을 낫게 해준 것은 약이 아닌 운동이었습니다.

우리 삶은 단거리 달리기가 아닙니다. 큰 성공을 했지

만 건강관리를 잘못해 후회하다가 삶을 누리지 못한 분들을 많이 봤습니다.

건강관리, 회사일, 공부, 가정이 조화를 이루어야 합니다. 어느 한쪽으로 치우치게 되면 삶 자체가 무너져 버립니다.

저는 하루에 최소 1시간 이상을 운동에 투자하는 것을 원칙으로 삼고 있습니다. 그런데 6~7년 동안 일에 파묻혀 운동을 못했습니다. 2년 전 교통사고 당시 몸무게가 96kg까지 갔었는데, 연세대 최고위 CEO 연합골프모임의 김종길 회장께서 "원장님은 최고위 과정에서 왜 사람들만 모아놓고 골프를 치러 안오십니까? 채만 들고 오십시오"라고 해서, 골프장을 걸어봤는데 너무 좋았습니다. 잔디 위를 걸어보니 숨이 안차고 상쾌해졌습니다. 그래서 몇 번을 나갔는데, 골프를 못치니깐 스트레스만 받고 오히려 힘들었습니다. '골프를 배워야겠다'라고 마음을 먹고 있던 차에, 전관희 회장(연세대 CEO AI 2기) 추천으로 육사대령을 예편하신 차부돌 티칭프로를 만나게 되었습니다. 차부돌 티칭프로 스승님께서는 육사대령으로 55세에 예편하시고 6개월 만에 티칭프로를 따셨다고 했습니다. 그래서 스승님께 질문했습니다.

"저도 할 수 있을까요?"

"그럼요!"

"그렇다면 스승님이 육사를 전역하시고 티칭프로를 따신 6개월의 2배의 기간을 목표로 잡고 노력하면 저도 티칭프로를 딸 수 있을까요?"

"그럼요! 할 수 있지요!"

"레슨 비용은 얼마인가요?"

"무료입니다. 재능기부입니다. 저는 아들 둘이 의사이고 며느리 둘이 의사인데, 아이들이 너무 잘되어서, 사명과 봉사의 마음으로 제자들을 양육하고 있습니다."

그래서 그때부터 경기도 광주 국제골프연습장에서 토요일과 일요일 저녁 6시간 씩 골프연습을 죽기살기로 했고, 6개월만에 20kg를 뺐습니다. 스승님의 '골프 연습은 빡세게!'라는 모토 하에 비가오나 눈이오나 연습을 한 결과였습니다.

몸이 좋아지다보니 건강은 물론 행복지수도 올라갔습니다. '나도 스승님처럼 76세까지 건강하게 살 수 있다면 100세 까지도 살 수 있겠다'는 의욕이 생겨났습니다. 현재는 차부돌 골프아카데미에서 함께 모여서 운동하는 사람들이 13명이 되었습니다.

운동의 원칙을 지키게 해주는 것은 습관입니다. 규칙적인 운동 루틴을 만들어 습관화한다면 몸도 마음도 변화하는 놀라운 경험을 할 수 있을 것입니다. 몸이 바뀌면 생활이 바뀌게 되어있습니다.

집중력이 약하거나 피로를 느끼고 짜증이 난다면 스스로의 몸을 되돌아 보세요. 꾸준한 운동을 통해 몸을 가꿀 때 강한 정신력을 갖게 됩니다. 삶의 가장 중요한 조건 중 하나인 '건강'을 관리하는데 시간과 공을 들여야 합니다.

너희가 하나님의 성전인 것과 하나님의 성령이
너희 안에 거하시는 것을 알지 못하느뇨
누구든지 하나님의 성전을 더럽히면
하나님이 그 사람을 멸하시리라
하나님의 성전은 거룩하니 너희도 그러하니라

· 고린도전서 3:16~3:17 ·

# 감사의 마음이
# 행복한 삶을 만든다

사람마다 다양한 목적을 갖고 열심히 노력하여 성공을 거머쥐었다고 해도 그 사람의 마음속에 감사가 없다면, 그 사람은 진정으로 성공한 사람이라고 부를 수가 없습니다. 감사를 모르는 사람은 끊임없이 더 많은 것, 더 높은 곳, 더 큰 것을 원하며 자신을 닦달하기 때문입니다. 그에게는 항상 '감사하는 오늘'은 없고 '더 나은 내일'만이 있을 뿐입니다. 우리들이 궁핍한 살림에도 감사해야 하고 건강치 못한 몸이라도 감사해야 하는 이유가 바로 거기에 있습니다.

여기서 '감사'라는 단어의 어원을 잠시 살펴보고 넘어갑시다. 感謝라는 한자는 느낄 '감'과 사례할 '사'자로 구성되어 있습니다. 그 말을 풀이해 본다면 '고맙게 여기는 마음을 느끼는 것' 정도로 보면 됩니다. 우리말의 감사에 해당하는 영어 단어는 Gratitude가 있는데 이 말은 라틴어의 Gratus라는 말에서 파생되었다고 합니다. 그 뜻은 '다른 사람을 기쁘게 해 준다' 라는 의미라고 합니다. 결국 누군가에게 감사한다는 말은 그 사람을 기쁘게 하는 것이므로, 감사할 줄 아는 사람들은 항상 더 많은 것을 얻게 됩니다. 기쁘게 된 사람이 가만히 있을 리가 없기 때문입니다.

성공한 사람들은 다른 사람들의 배려를 당연시 하지 않습니다. 작은 친절에도 고마워하며 어떤 식으로든 감사의 뜻을 전합니다. 실제로 일본의 백만장자를 대상으로 한 설문조사에 따르면, 고액 소득자일수록 편지나 이메일의 응답속도가 빠르고 감사의 전화나 인사말을 더 자주 하는 것으로 조사되었습니다.

감사하는 마음은 인간관계뿐 아니라 신체 및 정신건강과도 관련이 깊습니다. 감사는 스트레스를 줄여주고 부정적인 감정을 완화시킬 뿐 아니라, 신체적인 건강상태도 증진시킵니다. 분노와 같은 감정적 공격에 대하여는 감사만큼 효과적인 방어수단이 없습니다. 무엇인가에 대하여 고마움을 느끼면서 동시에 누군가를 극도로 미워하는 두

가지의 감정이 동시에 존재할 수 없기 때문입니다.

부정적인 감정과 함께 공존할 수 없는 긍정적 상태를 유도해서 부정적 감정을 억제하는 행동치료 원리를 심리학이나 정신치료학에서는 '상호제지의 원리 - Principle of Reciprocal Inhibition)이라고 합니다.

캘리포니아 주립대학교 심리학과의 로버트 에몬스 교수는 감사하는 마음이 정신건강 및 신체건강을 증진시킬 수 있다는 사실을 실험으로 증명했습니다.

그는 피 실험자들에게 매일 고마운 일 다섯 가지를 쓰게 했습니다. 그렇게 몇 달이 지난 후 그런 일기를 쓰지 않은 사람들과 비교했습니다. 예상했던 대로 감사 일기를 썼던 사람들은 그렇지 않은 사람들에 비해 건강상태가 현저하게 좋아졌습니다. 에몬스 교수는 이렇게 결론을 내렸습니다.

"사람들에게 의식적으로 감사하는 마음을 갖게 한 결과 부교감신경계가 활성화되고 스트레스와 긴장 정도가 많이 감소함을 확인할 수 있었습니다. 결론적으로, 감사 일기를 쓴 사람들은 그렇지 않은 사람들보다 스트레스는 적게 받고 행복감은 더 많이 느낀다는 사실을 확인할 수 있었습니다."

감사를 많이 느낀 사람들은 더 낙관적이고 사고가 유연해서 문제해결 능력도 더 뛰어납니다.

다른 사람들로부터 협조를 구하고 싶은가요? 행복하게 살고 싶은가요? 그렇다면 의도적으로라도 감사하는 마음을 습관화 하세요.

*

여러분들은 모두 이지선 씨를 기억하고 있을 것입니다. 2000년 7월 음주운전자가 낸 사고로 인하여 그녀는 엄청난 화상을 입고 거의 죽음 직전에서 살아났습니다. 그리고 3년, 긴 고통 속에서 깨어나 책을 냈습니다. 그 책이 바로《지선아 사랑해》란 책입니다.

저는 버스 광고판에서 그 광고를 보고 지선 씨의 책을 사서 읽었습니다. 읽는 내내 얼마나 울었는지 모르겠습니다. 지금껏 많은 책을 읽어 보았지만 그 책만큼 많은 눈물을 흘리면서 읽었던 책은 없었던 것 같습니다.

그 책을 읽는 내내 저 자신이 지선 씨 오빠의 심정이 되어 있었습니다. 당시 중앙대학교 학생이던 오빠는 '내가 좀 더 일찍 지선이를 끄집어 냈어야 하는 건데…' 라면서 동생이 그렇게 된 것이 마치 자신의 잘못인 양 가슴을 치며 후회하고 있었습니다. 그 책이 너무나도 감동적이었던지라 저는 책 열 권이나 사서 친구들에게도 주고 지인들에게도 선물했습니다.

그 사건 이후 10년의 세월이 흐른 2010년 11월, 저는 다시 신문지상에서 그녀의 인터뷰 기사를 읽었습니다. 조선일보 기자와 만난 그녀는 인터뷰를 하는 내내 감사, 또 감사를 연발하고 있었습니다. 그런 역경을 당해보지 않았던 저로서는 잘 이해가 되지 않았습니다. 도대체 이지선 씨에게 무슨 그리 감사할 일이 많을까요? 그 예쁘던 얼굴이 화상으로 일그러졌음에도, 지선 씨 자신의 표현을 빌자면 홀라당 타버렸는데 무엇이 그리 고마울까요? 이지선 씨를 좀 더 이해하려면 그녀의 삶을 추적해 볼 필요가 있습니다. 자, 그럼 우선 그 사건 당시의 상황을 재현해 보기로 합시다. 우선 2000년 7월 31일 아침 신문에 보도된 내용입니다.

"어젯밤 11시 반쯤, 서울 한강로 1가 앞길에서 갤로퍼가 신호를 기다리던 마티즈 승용차 등, 여섯 대와 추돌사고를 일으켰습니다. 이 사고로 마티즈 승용차에 불이 나서 차에 타고 있던 스물세 살 이 모씨가 온 몸에 3도의 중화상을 입고 인근 병원으로 긴급 후송되었습니다. 경찰 조사결과, 갤로퍼 승용차 운전자는 혈중 알코올 농도 0.35%의 만취 상태였다고 합니다."

후일 이지선 씨는 바로 그날, 사고 직전, 자신의 불안했던 심정을 이렇게 토로하였습니다.

"그날은 일요일이었습니다. 저는 학교 도서관에서 공부를 하고 있었습니다. 그런데 그날은 참 이상한 날이었습니다. 무언가 몸이 물에 젖은 것처럼 무겁게 느껴지기도 하고, 공부를 하려고 해도 도저히 집중할 수가 없었습니다. 그냥 집에 갈까? 저녁을 먹을까? 오빠와 같이 먹자고 할까?… 어느 것 하나 확실히 결정할 수도 없고 이것도 저것도 아닌 불안한 마음… 그런데 나중에 오빠로부터 들어보니 오빠도 하루 종일 이유 없는 불안감에 시달렸다고 합니다."

2000년 7월 30일, 이화여대 유아교육과 4학년 학생이던 지선은 여느 때와 다름없이 도서관에서 공부한 뒤 자신을 데리러 온 오빠의 차를 탔습니다.

어린아이들을 유난히 좋아해서 유아교육과를 선택했고 이제 졸업하면 미국 유학길에 오를 계획으로 있었습니다.

그러나 스물세 살 꿈 많고 아름다운 이 아가씨 앞에 그런 엄청난 재앙이 기다리고 있을 줄 그 누가 꿈엔들 생각했을까요? 이지선은 학교 도서관에서 공부를 마치고 오빠의 차로 귀가하던 중 음주운전자가 낸 7중 추돌사고로 전신 55퍼센트에 3도의 중화상을 입게 됩니다.

'대한민국 화상 1등'이라는 별명을 얻을 만큼 전례를 찾아볼 수 없는 심각한 화상이었습니다. 살 가망이 없다고, 살아 난다도 해도 사람 꼴이 아닐 것이라며 의료진은 비관적인 태도를 보였지만, 이지선은 7개월간의 입원, 30번이 넘는 고통스런 수술과 재활치료를 이겨내고 다시 살아났습니다.

가족들조차 예전의 모습을 떠올리지 못하는 낯선 얼굴로 그녀는 다시 태어난 것입니다. 엄지손가락을 제외한 8개의 손가락을 한 마디씩 절단하고 '3급 장애 진단'을 받았습니다.

그녀는 사고 후 처음으로 쓴 글에서 이렇게 말했습니다. 사고 난 지 다섯 달이 지났을 때였습니다.

"모든 걸 잃은 것 같지만, 살아 있어서 흰 눈도 보게 해주시고 추운 겨울을 다시 맞게 해 주시니 감사합니다."

그리고 책을 냈습니다. 그런 엄청난 사고와 그 후유증

을 모두 견디어 내고 그녀가 쓴 책이 《지선아 사랑해》였습니다. 2003년에 그 책이 나오자 많은 사람들이 그녀에게 찬사를 보냈습니다. 그 후부터 이지선은 희망을 절망으로 바꾸는 '희망메신저'가 되었고 어떤 상황에서도 감사하는 마음을 잃지 않는 '감사 전도사'가 되었습니다.

2004년 봄, 미국 유학길에 올라 보스턴대학에서 재활 상담학 석사를 마치고 컬럼비아 대학에서 사회복지학 석사 학위를 받은 후, 2010년 가을부터 UCLA 대학에서 사회복지학 박사과정을 공부했습니다.

그녀는 지금도 한국, 미국, 일본 등 전 세계에서 강연 요청이 끊이지 않습니다. 지금까지 수십여 차례의 이식수술로 인하여 이제는 몸에서 떼어다 쓸 수 있는 피부도 거의 남아있지 않다니 그 고통을 어찌 다 글로 표현하겠습니까. 그래도 그녀는 감사하다고 합니다.

"이제는 눈도 잘 감기고(사고 직후에는 피부가 땅겨서 눈이 잘 감기지 않았다.), 입도 다물어지고(사고 직후에는 입이 다물어지지 않아서 계속 침을 흘렸다.), 발음도 잘 나오니(사고 직후에는 발음이 잘 되지 않아서 '오빠'를 '오까'라고 했단다.) 너무나 감사한 일이지요."

이제 그녀는 화목한 가정에서 평범한 여대생으로 계속

살았다면 절대 알 수 없었을 삶의 비밀들을 하나씩 배우게 되었노라고 말합니다. 지금의 내가 좋다고, 지금의 나를 사랑한다고, 결코 예전의 나로 돌아가고 싶지 않다고도 말합니다. 어찌 지금의 모습이 더 좋을까 마는 그녀는 그런 극한 상황 속에서 하나님의 사랑을 깨닫게 되고 이 세상의 불행한 사람들에게 희망을 주는 사람으로 오늘을 살아가는 것입니다.

사고 당시의 운전자를 어떻게 용서해 줄 수 있었느냐는 기자의 질문에 그녀는 이렇게 대답했습니다.

"사고 난 때가 일요일 밤이었어요. 사고 당시 우리 가족은 누구를 원망하고 미워할 정신이 없었어요. 그냥 천재지변처럼 받아들였던 것 같아요. 신앙심이 큰 힘이 되었어요. 그 후로는 그 운전기사를 오히려 측은하게 생각하게 되었지요. 가족들과 함께 따뜻하게 보내고 있어야 할 그 시간에 혼자서 소주를 다섯 병이나 마시고 운전해야 했으니 그분의 삶이 얼마나 힘들었을까, 하는 생각을 했어요."

그녀는 2010년 11월 뉴욕에서 열린 국제마라톤 대회에도 참가하여 완주를 해냈습니다. 장애인 재활병원 건립기금을 마련하기 위해서 준비한 행사였습니다. 42.195km는 일반인들도 뛰기 힘든 거리가 아닌가요?

"처음 5km를 뛰고 그만둘까도 생각했어요. 이식한 피부에는 땀구멍이 없어서 땀이 외부로 배출되지 않으니 보통 어려운 게 아니었지요. 30km까지 뛰기도 하고 걷기도 하면서 겨우겨우 왔는데 너무 힘들어서 땅바닥에 앉아 울고 있었는데 내 또래쯤 되어 보이는 여학생이 '지선씨, 힘내세요'하면서 피켓을 흔들더군요. 다시 힘을 내서 걷고 뛰고 했죠. 마침내 7시간 22분 만에 결승점까지 들어 왔어요."

이제 우리는 여기서 그녀의 삶을 통하여, 그녀의 역경을 통하여 배울 교훈이 있습니다. 만약 이지선 씨가 그런 사고를 당하지 않았더라면 어떠한 삶을 살았을까요? 아마도 좋은 사람과 결혼하여 행복한 가정을 꾸리며 살아갔을 것입니다. 대학교수로서 사회 상류층에서 편하게 지냈을 것입니다. 자녀들을 잘 키우고 훌륭한 엄마로 살아갔을 것입니다.

그러나 그런 큰 재앙을 만나면서, 물론 그 엄청난 시련의 충격을 당해보지 않은 우리 같은 평범한 사람들이 입에 함부로 올릴 일은 아니겠지만, 그녀는 전혀 새로운 제2

의 인생을 살아갑니다.

벌써 그녀의 영향은 우리 사회 이곳저곳에서 나타나고 있습니다. 여기 그녀의 책을 읽고 감동을 받은 한 독자의 글을 소개합니다.

저 역시도 초등학교 4학년 때 얼굴에 화상을 입은 일이 있었습니다. 커다란 성냥 통에 불붙은 성냥을 떨어뜨렸는데 그게 불이 붙었어요. 화들짝 놀라서 그만 입으로 훅 불다가 성냥머리에 일제히 불이 옮겨 붙으면서 순식간에 불길이 높게 치솟았고 저의 뒷머리까지 홀라당 그슬렸죠. 그래도 저는 엄마에게 혼날 것이 두려워 저도 모르게 방문 뒤에 숨었더랍니다. 엄마께서는 여러 번 저를 불러도 대답이 없으니까 화가 나서 제 방으로 오셨다가는 놀라 나자빠지셨어요. 저의 그슬린 머리를 빗으로 빗겨내고 얼굴에 바셀린 연고를 발라주시고는 곧바로 병원으로 향했습니다.

엄마께서 택시타고 가자고 하셨지만 저는 어린 마음에 택시비가 비싸니까 버스타도 된다고 했죠. 일부러 신경 써서 옷을 잘 입고 나섰는데도 길을 걷자 사람들이 절 흘끔거리더군요. 버스에 올라타 앉아있는데 나중에 탄 꼬마가 절 보더니 '엄마 무서워'라고 하면서 자기 엄마에게 착 달라붙었습니다. 그때서야 저는 '내 얼굴이 그리 흉측한 가?' 하는 생각을 했지요. 그 후 한 달 동안을 학교를 쉬어야 했습니다. 세수도 못하고 집밖으로는 나갈 수도 없었습니다.

지선 언니의 3도 화상은 정말이지 상상할 수가 없습니다. 언니 가족들의 헌신적인 모습을 보면서 '우리 가족이라면 과연 저랬을까?' 라는 생각도 해 보았습니다.

인격적으로도 힘든 치료과정을 그렇게 감내해가며 밝은 모습을 보이면서 이겨낸다는 것은 저로서는 상상하기조차 힘든 일입니다. 어린 저의 경험에 비추어 볼 때 '과연 지선 언니는 대단하신 분이다.'라는 생각을 자꾸만 하게 됩니다. 저 역시도 주변 사람들의 멸시와 눈총을 견디기가 힘들었으니까요. 어린 시절 주변 사람들의 눈총은, '너 그런 얼굴로 어떻게 살래?' 하고 말하는 것 같았습니다. 그런 저에게, 물론 저의 화상과 지선 언니의 화상은 비교조차 할 수 없지만, 지선언니는 희망이고 우상입니다.

지선 언니 홧팅!

그리고 그녀는 또 다른 책을 집필했습니다. 거기서 그

녀는 자신이 그런 엄청난 사고를 당했음에도 불구하고 막상 자신이 감사할 일들을 찾아보려고 하자 너무나도 많은 감사할 일들이 있다는 사실에 자신도 스스로 놀랐노라고 고백합니다.

"손가락이 지금은 여덟 개, 그것도 모두가 다 짧은 손가락뿐이지만, 그 중에서도 엄지손가락 하나만은 온전히 있어서 1인 10역을 하 수 있게 된 것이 얼마나 감사한 일인지, 눈썹이 없어 무엇이든 여과 없이 눈 속으로 들어가는 것을 경험하면서 사람에게 눈썹이 얼마나 중요한지를 알고는 또 감사했습니다. 막대기 같아진 오른 팔을 쓰면서, 나중에 관절이 다시 구부러지기 시작했을 때에야 비로소 온전하게 구부러지는 팔이 얼마나 소중한지를 알게 되었습니다. 온전치 못한 오른쪽 귓바퀴 덕에, 귓바퀴란 것이 귀에 물이 들어가지 않도록 얼마나 정교하게 만들어졌는지를 깨닫고는 또 감사했고, 다리에서 피부를 잘라내어 절뚝거려보고 나서야 온전한 다리를 갖고 걷는다는 게 얼마나 감사한 일인지를 깨닫게 되었습니다.

모공이 있어서 피부가 숨을 쉬고 땀을 밖으로 내 보내어 체온을 조절해 주고… 그렇게도 중요한 기능을 하는 피부를 다 잃은 후에야 또 건강한 피부가 얼마나 소중한

지, 피부의 고마움을 깨달을 수 있었습니다."

여덟 개의 손가락을 짧게 잘라내는 수술을 받으러 들어가기 직전에 그녀가 엄마에게 했다는 말은 감사하는 마음의 극치를 보여줍니다.

"엄마, 더 많이 자르지 않아 감사하지?"

사고가 난 지 24년이 지난 2024년 3월, 이지선은 모교인 이화여대 교수로 돌아왔습니다. 그녀가 다니던 사회복지학과의 교수로 임용된 것입니다. 보통사람들로서는 감히 상상도 하지 못할 엄청난 시련을 겪고도 오히려 그 시련을 도전의 기회로 만든 그녀에게 찬사를 보냅니다.

감사로 제사를 드리는 자가 나를 영화롭게 하나니
그의 행위를 옳게 하는 자에게
내가 하나님의 구원을 보이리라

· 시편 50:23 ·

# 감사로 베풀면
# 휴먼 네트워크가 연결된다

시골에서 사람들이 고구마를 캐면 혼자 그 고구마를 다 먹을 수도 있습니다. 하지만 수십 여개의 고구마를 다 먹을 수 있을까요?

물론 처음 몇 개는 먹을 수 있습니다. 하지만 고구마를 모아 두어 봤자 그냥 두면 썩습니다. 그래서 사람들에게 나눠주면 고맙다고 하면서 옥수수도 가져오고 쌀도 가져옵니다. 지역 네트워크가 끈끈해지며 유대감이 형성되는 것입니다.

마찬가지로 좋은 지식이나 정보, 아이템이 있다면 주변 사람들과 공유해야 합니다. 일상생활을 하면서 친구들과 지인들에게 도움이 될 만한 것 들을 알게 되거나 얻게 됩니다. 이런 것들을 절대 묵혀 두지 말아야 합니다.

저를 만나는 사람들마다 저게 '넘치는 에너지가 도대체 어디서 나오세요?' 라고 묻곤 합니다. 저는 사람들을 도와주면서 그 사람들에게서 오히려 에너지를 얻습니다.

먼저 돕는 것이 단기적으로 약간 손해처럼 보여도 장기적으로 보면 제가 도움을 더 받게 되니 결과적으로 이익입니다. 봉사의 중요성입니다.

이것이 인사이트(insight)의 원천이자 명품가문을 만들어가는 중요한 원리입니다. 멀리서 찾을 필요도 없이, 우선은 나의 주변, 친구들, 지인들만 감사의 마음으로 대해도 인생은 풍요롭게 변화합니다. 그들에게 힘을 실어주면 본인도 힘을 얻을 수 있습니다. 직장생활을 할 때에도, 기업체들의 고문 역할을 할 때에도, 대학 강의를 할 때에도 마찬가지였습니다. 혼자의 능력이라면 성공하기 힘들었던 일이었습니다. 주변의 친구들, 선후배, 직원들의 능력과 그들의 도움이 저의 성공의 원천이었습니다.

제가 하나금융지주에 5년 근무할 때, 그룹에서는 미래 SNS 플랫폼을 만들거나 새로운 형태의 금융SNS를 만들라고 했습니다. 그때 저는 카카오톡 또는 네이버 플랫폼이 너무 훌륭하기 때문에 오히려 제휴를 하고 활용해서 금융서비스를 활성화시키는 것을 주장했고, 미래의 디지털 SNS 영리더를 키우는 것이 중요하다고 주장했습니다. 그래서 그룹에 건의를 하여, 전국에서 각 지역의 유능한 대학생들을 뽑아 하나금융그룹 홍보대사(스마홍)을 만들어 만 원의 행복, 계열사 탐방, 영화 주인공 되기, 스마트 무비 여행 등 훌륭한 프로그램을 개발했습니다. 1기부터 시작하여 14기까지 540명 대학생들의 멘토를 했고 그들이 졸업할 때 모의면접을 통해서 금융계에만 150명이 합격할 수 있게 도움을 주었습니다. 지금도 25년의 시차를 뛰어넘어 그들과 함께 만나며 교류하고 있습니다. 서로 도와주고 도움을 받을 수 있는 네트워크가 형성된 것입니다.

하나금융그룹에서 하나1Q앱이 만들어졌을때, 저에게 세계적인 홍보를 기획해 보라고 해서, 하나N월렛 릴레이 송금을 기획했습니다. 고려대학교 민주광장에서 20개 동아리에서 각 10여 명씩, 200여 명의 학생들과 함께 1,000원으로 모바일 결제 송금을 릴레이 이벤트를 진행했습니다. 그 이벤트는 최단기 최다송금으로 월드 기네스레코드에도 올랐습니다.

이때 친구들의 조언은 큰 힘이 되었습니다. 하나금융그룹의 스마트 홍보대사가 성공할 수 있었던 것도 감사를 통한 네트워크의 힘이었습니다.

누군가가 제게 어떤 이야기를 하거나 남기면 저는 항상 짧더라도 반응을 해줬습니다. 페이스북 등 온라인상에서도 수시로 'like'를 눌러줬습니다. 네트워크의 중요성을 깨우치고 8년을 노력한 결과 거대한 네트워크의 중심이 되었습니다.

지금은 각계 각층에 많은 친구들과 지인들이 있습니다. 기업과 사업에 관한 정확한 정보를 전화 한통이면 얻을 수 있습니다.

'인맥이 없어서, 빽이 없어서'라고 이야기 하는 사람들이 많습니다. 남탓을 하고 자신의 처지를 비관하면 남는 게 없습니다. 네트워크는 스스로 만들어 나가는 것입니다. 가장 중요한 일은 충분히 베푸는 것입니다. 도움을 받고 싶다면 그것 이상으로 도움을 주어야 합니다. 바로 옆의 사람부터 시작하면 됩니다.

뭔가 일이 잘 되지 않는다면 과연 자신이 주변사람들에게 얼마만큼의 도움을 주었는지 생각해 보아야 합니다. 꼭 물질적인 도움을 말하는 것은 아닙니다.

친구나 지인에게 이기적인 행동이나 언행을 하지는 않았는지. 내 돈만 아끼고 우리 가족만 챙기는 행동을 하지는 않았는지. 상처의 말을 하지 않았는지를 생각해 보고 반성해야 합니다.

멀리 갈 필요도 없습니다. 봉사의 시작은 바로 내 옆에 있는 사람입니다. 나는 그들에게 얼마만큼의 진심을 전해 주었는가 생각해 봅시다.

감사와 긍정으로 사람을 대하세요.

가정에서도 사회에서도 먼저 베푸는 습관을 들이세요.

관심을 갖고 긍정적인 반응을 해주세요.

봉사의 시작은 지금 바로 내 옆에 있는 사람입니다.

혹시 친구나 지인에게
이기적인 행동, 이기적인 언행,
우리 가족만 챙기는 행동을 하지는 않았는가?
상처의 말을 하지 않았는가?

너희가 사람의 잘못을 용서하면
너희 하늘 아버지께서도 너희 잘못을
용서하시려니와 너희가 사람의 잘못을
용서하지 아니하면 너희 아버지께서도
너희 잘못을 용서하지 아니하시리라

_ 성경, 마태복음 6:14-15

# 사명을 갖고 감사의 마음으로
# 인생 후반전을 준비한다

아시다시피 이제는 100세 시대입니다. 평균수명은 점점 늘고 있으며, 의료기술의 발달로 평균적인 노화의 속도도 더뎌지고 있습니다. 요즘의 50~60대는 과거 50년 전의 30~40대 못지 않은 체력과 열정을 갖고 있습니다. 평균수명이 100세라고 가정할 때, 직장에서 은퇴를 하고 나서도 많은 시간을 생존해야합니다. 그렇다면, 인생의 후반부와 노년을 어떻게 준비할 것인가가 중요해집니다.

많은 사람들이 인생의 전반부에서는 '성공'을 추구하며 목표를 향해 달려갑니다. 학교에서 교육을 받고, 취업을 하고, 가정을 꾸리고, 재산을 늘리는데 열중합니다.《하프타임》의 저자 밥 버포트는 인생 후반전의 중요성을 주장하면서 자기 안에 뿌려놓은 창조성과 힘의 씨앗을 움트게 하고 물을 주어 잘 가꾸면서 풍요로운 결실을 맺는 시기가 되어야 한다고 이야기 합니다. 후반부에는 인생의 목적이 '성공'에서 '의미'로 옮겨가는 시기여야 하며, 전반부와는 다르게 자신의 재능을 투자하여 사회에 봉사하고, 그 과정에서 진정한 희열을 맛볼 수 있도록 준비해야 한다고 역설합니다.

그렇기에 인생의 후반부를 의미 있게 살아가기 위해서는 전반부와 후반부 사이에 인생의 방향을 재설정하는 시기가 필요합니다. 저자는 이것을 '하프타임'이라고 부릅니다. 운동 경기에서도 많은 경우 승부는 전반전이 아니라 후반전에 결정 납니다. 저자는 전반전에 뒤쳐지고 있더라도 중간 휴식시간 15분 하프타임을 어떻게 보내느냐에 따라 후반전의 양상과 결과가 달라지게 되며, 우리 인생도 마찬가지라고 이야기 합니다.

저 또한 하프타임과 인생 후반전에 대한 고민을 40대 후반부터 하기 시작했습니다. '하나금융그룹 임원을 끝내고 나면 그 이후 무엇을 하면서 살아야 할까?'라는 생각과 함께, 정신없이 달려왔던 인생 전반전에 대한 반성과 정리를 해보기 시작했습니다. 그러면서 제가 가지고 있는 달란트에 대해서 생각해 보았습니다. '내가 하나님께 부여받은 재능은 무엇일까?'를 곰곰히 생각해 보니, 그것은 다름아닌 사람과 사람, 기업과 기업, 기업과 사람, 사람과 기업을 연결을 해주는 '연결력'이었습니다. 또한 새로운 일에 대한 관심인 '창조력'과 선택과 집중의 '돌파력'으로 증권사에서 근무하면서 고객들과 기업들을 서로 연결해주며 새로운 시너지를 냈습니다. 휴먼 네트워트를 통해 전문가나 컨설팅이 필요한 기업들에게 금융과 사람들을 연결해 주면서 휴먼 네트워크가 거미줄처럼 전 세계로 퍼져나갔습니다. 저는 이런 재능을 활용해 우리 사회에 도움이 될 수 있는 일들을 하기로 마음먹었습니다.

그래서 증권사 임원을 끝으로 직장생활을 마감하고 기업체들의 고문역할을 하면서 연세대학교 부동산테크 CEO포럼, 연세대 AI메타버스 최고위과정, 연세대 한류 메타버스 최고위과정, 고려대 기술경영 최고경영자과정, 서울대 국제대학원 글로벌 협상조정 최고위과정, 카이스트 AI메타버스 최고위과정, 연세대 신한류 메타버스 최고위과정, 연세대 아트앤와인 최고위과정 등, 대학에서 기업의 CEO들을 양성하고 연결해 주는 교육과정을 조직했고, 연세대 CEO연합골프모임을 조직해서 활발한 사회기여

활동을 하고 있습니다. 그리고 한류대학 설립과 남북통일의 꿈을 갖고 강의하며 기업인과 전문가들을 연결해 주었습니다. 이 모든 활동들은 순수한 봉사의 차원으로 진행했습니다. 그러다보니 INI 하버드대학교 경영대 최고위과정 교육원장이라는 제의가 들어와, 그 제의를 받아들였고 지금은 그 일에 맡은 바 직분을 최선을 다해서 감당하고 있습니다.

처음에는 무료로 하는 봉사의 시간이 많고 수입에 대한 걱정도 있었지만, 하다보니 자연스럽게 그런 걱정이 사라졌습니다. 먼저 도움을 주고 베푸는 마음과 감사함으로 최선을 다하니 사람들이 인정해 주고 여기저기서 좋은 제의가 들어왔고, 미국에서 바이든 대통령을 만나는 등 기상천외한 일들이 생기기 시작했습니다. 아마도 버킷리스트에 '통일자금 마련하기'라는 제목을 적어 놓고 세계지도를 펼쳐놓고 드린 기도를 하나님이 들으신 것이 아니까 하는 생각이 듭니다.

인생 후반전의 목표를 사명감을 갖고 '감사하며 봉사하는 삶'으로 설정하고 실행하다 보니 오히려 젊은 시절보다 지금이 더 즐거워졌습니다. 젊었을 때에는 '나이를 먹으면 무슨 재미로 살까?'라는 생각이 종종 들었는데, 지금이 젊은 시절보다 삶의 보람과 기쁨이 큽니다.

이 글을 읽는 독자분들도 누군가를 위해, 그리고 사회를 위해 재능을 사용할 때 겪을 수 있는 보람과 그 시너지를 경험해 생각한다면, 인생의 후반전을 어떻게 설정해야 할지 나름의 결론을 내실 수 있을 것입니다.

# 아이들을 위해 노력하면
# 부모가 발전한다


종혁이가 6학년, 혜인이 4학년, 진주가 6살이었을 때, 아이들 모두를 데리고 아이비리그 투어를 기획했습니다. 그런데 아내가 난리가 났습니다. '아이비리그 투어 비용이 1,000만 원인데, 그돈이 있으면 아이들 학원을 더 보내야지 놀러갔다 오는 것이 무슨 소용이 있겠냐'는 이야기였습니다. 그래도 저는 직접 경험하고 눈으로 보고 오는 교육에 대한 확신이 있었습니다. 그래서 무거운 마음으로 명품가문의 꿈을 갖고 우리가족의 아이비리그 투어를 밀어 붙였습니다.

결국, 아이비리그에 가서 투어를 하게 되었는데, 놀란 점은 버스 운전기사를 제외하고 모두가 아이비리그 출신이었다는 사실이었습니다. 투어 가이드는 콜럼비아 대학교 박사였는데, 일주일 동안 아이들이 가이드의 머리에 올라탈 정도로 친해져서 장난도 치며 신나게 투어를 할 수 있었습니다. 하버드, 예일, MIT, 콜럼비아, 와튼 스쿨 등을 돌고 뉴욕여행을 다녀오게 되었습니다. 여행 중 종혁이와 혜인이에게 질문을 했습니다. "종혁아, 어느 대학이 가장 마음에 들어?"라고 묻자 "아빠, 피곤한데 말걸지 마세요. 빨리 집에 갔으면 좋겠어요."라고 대답하여 저는 내심 실망을 했습니다. '아, 피곤한 여행에 1,000만 원을 썼구나' 그러면서 일상으로 복귀했을 때 집사람의 잔소리가 귓가에 들리는 것 같았습니다.

아이비리그 투어 이후, 저는 서울로 복귀를 했고 아이들과 집사람은 캐나다로 돌아갔습니다. 그런데 일주일 후에 집사람으로부터 전화가 왔습니다.

"여보, 기적이 일어났어!"

"무슨 일인데?"

"종혁이가 MIT, 혜인이가 와튼 스쿨에 꽂혔어!"

그 순간 우리집에서 두 명이 아이비리그에 들어간다면 명품가문의 꿈에 한발짝 다가갈 수 있겠구나! 라는 생각이 들었고, 가슴이 뛰기 시작했습니다. 그리고 앞으로의 모든 역량을 아이들에게 집중해서 명품가문의 꿈을 갖게 해야겠다는 목표를 갖게 되었습니다.

아이비리그 투어 중, MIT, 예일, 하버드, 콜럼비아, 와튼에 다니던 한국학생들이 학교투어를 함께 해주었고, 빈강의실에서 어떻게 자신이 공부해서 아이비리그에 합격할 수 있었는지를 설명해 주었습니다. 하버드 대학을 방문했을 때, 우리를 인도했던 한 남학생이 빈 강의실에서 특강을 해주었습니다. "하버드 대학은 공부만 잘해서는 들어갈 수 없어. 나의 경우는, 공부는 기본이고 악기를 했는데 그것이 하버드 입학에 도움이 되었어. 그 계기는 내가 고등학교때 좋아했던 여학생이 악기를 했던 것이 계기가 되었어." 그는 자신이 좋아했던 여학생에게 잘 보이기 위해서 트럼펫을 배우기 시작했다고 말했습니다. 그것이 계기가 되어 고3때 남미 자선 캠프 음악회에 참가한 적이 있고, 그때의 경력을 에세이에 써서 하버드에 들어갈 수 있었다고 말했습니다. 그리고 와튼 스쿨을 갔을 때에도 역시 여자 학생이 빈 강의실에서 특강을 해주었습니다. 그 학생은 오하이오의 작은 동네에서 자랐다고 했는데, 와튼 스쿨에 다니던 사촌 언니가 자신의 학교에 가서 기숙사에 짐 나르는 것을 도와달라고 해서 와튼 스쿨을 처음 방문하게 되었다고 합니다. 그 때 들은 말이 "너는 나중에 이 학교에 꼭 들어올 거야"라는 말 한마디 였는데, 그 말 덕분에 그 여학생은 와튼 스쿨을 목표로 공부했고, 와튼 스쿨에 입학할 수 있었다고 이야기 했습니다.

MIT를 갔을 때에는 MIT학생과 이야기를 했는데, '혹시 한국의 서울대를 아냐'고 했더니 모른다고 했습니다. 내가 삼수해서 들어간 건국대 부동산 대학원을 아느냐고 했더니 모른다고 했습니다. 그래서 너는 한국에 아는 대학이 있느냐고 물어봤습니다. 그랬더니 "꼬레아 MIT 카이스트!"라고 대답했습니다. 그러면서 아이비리그는 공부이외의 운동이나, 예체능, 그리고 부모의 학력수준과 재산상태도 함께 본다고 했습니다. 순간, 나는 종혁이가 MIT, 혜인이가 와튼 스쿨을 들어가고 싶다고 하는데, '부모의 학력과 재산상태가 안돼서 도와줄 수 있는 것이 하나도 없구나'라는 생각이 들었습니다. 그래서 국내에서 내가 도와줄 수 있는게 무엇일까를 생각했습니다. 그래서 카이스트 대학원을 들어가야겠다고 생각하고는 집에 돌아와서 벽에다 '카이스트 대학원 들어가기'라고 써서 붙여 놓고, 입학하는 모습을 바라보며 새벽마다 기도했습니다.

2년 후, 하나증권이 3년 연속 3,000억 원 이상씩 흑자를 냈습니다. 그룹의 김승유 회장께서 연속 흑자내는 회사는 미래 인재를 키워주기 위해서 EMBA를 보내라고 했고, 그것이 서울대, 카이스트, 연대, 고대, 서강대 각 5개 대학에 한 명씩 보내라고 했습니다. 그때 나는 매일 아침 김승유회장과 하나증권 사장이 잘 될 수 있도록 기도했는데, 하나님께서 역사하심을 느꼈습니다. 요셉의 꿈을 주셨던것과 같다는 생각이 들었고, 자신있게 카이스트 EMBA를 지원했고 1600:1의 경쟁률을 뚫고 합격했습니다. 그리고 카이스트 EMBA 총 동문회장을 역임했고, 총동문회장이었던 인바디 차기철 회장과 대전 카이스트 이승섭 부총장과 힘을 합쳐 총동문회 활동을 연합하려는 일에 매진했습니다. 당시 카이스트는 서울의 경영대학원 서울 조직과 대전 본원의 조직들이 따로 동문회 활동을 하고 있었습니다. 그래서 서울 14개 단과대학 8,000명 재학생, 졸업생과 대전 카이스트의 재학생, 졸업생 68,000명의 동문조직이 합심해서 활동할 수 있도록, 행사도 함께하면서 다양한 환경을 만들어 주기 위해 노력하였고, 그 공로로 카이스트 총동문회 영구 홍보 이사가 되었습니다.

아이비리그 투어 이후, 목표가 생기자 아이들이 공부를 하기 시작했습니다. 목표를 설정하자 아이들 실력이 놀랍게 향상되었습니다. 그 결과, 종혁이는 UBC 컴퓨터 사이언스 졸업 후 IT회사에 다니고 있으며, 혜인이는 LA Art Center를 4년 장학생으로 우수한 성적으로 졸업하여 세계적인 디자인 회사에 다니고 있습니다. 그리고 진주는 UBC 마이크로 바이올로지, 컴퓨터 사이언스 전공에 재학중입니다. USC의대를 졸업한 사위와 혜인이의 결혼 (2024년 5월 11일)을 시작으로 명품가문의 꿈을 이루어가고 있다고 생각합니다. 저 또한 2024년 3월에 한국에서 개설된 INI 하버드 경영대 최고위과정 교육원장이 되며 꾸준한 노력을 이어가고 있습니다.

명품가문의 꿈을 꾼 지 15년 만에 기적이 일어났습니다. 아이비리그투어를 갔다 온 이후 제가 INI 하버드 경영대 최고위과정 교육원장이 될 줄은 정말 몰랐습니다.

그리고 INI 하버드 경영대 최고위과정 교육원장과 제 1기 최고위과정 원우로서 저도 졸업하게 되었습니다. 혜인이와 사위가 꽃다발을 들고 보스턴으로 달려왔고 INI 하버드 경영대학 최고위 과정 졸업식을 축하해 주었습니다. 한마디로 기적이었습니다. 이 모든 것이 하나님의 은혜였습니다.

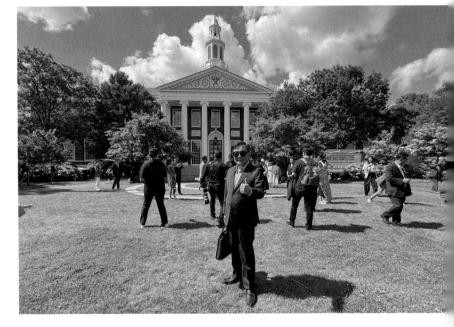

INI 하버드
최고위과정 수료식, Rory
McDonald 교수와 함께

# 십대 사춘기
# 자녀들과의 대화

자녀들이 10대에 접어들면, 어느순간 대화가 서먹해 지는 시기가 있습니다. 저 또한 어느날 갑작스런 자녀들의 변화에 당황하기도 했습니다. 그럴때마다 저는 자녀들과의 대화에서는 '세 가지 귀'를 가져야 한다는 이야기를 마음속에 새기고 자녀들과의 대화에 임했습니다.

① 곧 말 그대로 듣는 귀
② 그 말에 내표된 의미를 듣는 귀
③ 그 말을 하면서도 차마 표현하지 못한 숨겨 있는 의미를 듣는 귀

혜인이가 초등학교 1학년 때, 갑자기 회사에서 집사람에게 전화하고 싶은 느낌이 들었습니다. 그래서 일을 하다가 멈추고 집사람에게 전화를 걸어 "아이들 잘 있지?"라고 물어 보았습니다. 그랬더니 집사람이 화들짝 놀라며 "여보, 혜인이가 보이지 않아. 얘가 피아노 학원 끝나고 4시에 도착했어야 하는데 어떡하지? 아이를 잃어버린 것 같아. 경찰서에 신고하고 빨리 찾으로 나가야 할 것 같아"라고 말하는 것이었습니다. 그래서 근처에 사시는 장인어른 장모님이 달려오셨고, 집사람이 찾으러 나갔습니다. 혜인이를 발견한 곳은 다름아닌 바로 미술학원 입구였습니다. 혜인이가 그곳에서 쪼그리고 앉아서, 아이들이 그림을 그리고 있는 모습을 보고있다는 것이었습니다. 이 이야기를 듣고 나니 가슴이 뭉클해졌습니다.

당시 우리 부부는, 혜인이가 그림을 그리니까 재능이 한쪽에 치중하는 것은 좋지 않을 것이란 생각에 잘다니던 미술학원을 그만두게 하고 피아노학원을 끊어주었습니다. 혜인이가 세 살 때부터 너무 그림만 집중하며 그렸기 때문입니다. 그런데 그날 혜인이가 미술학원에 앞에 쪼그려 앉아서 그림 그리는 것을 3시간째 보고 있었다는 말을 듣고는 아이가 진짜 좋아하는 것은 미술이고, 말로 표현하지 않아도 진심으로 좋아하고 하고 싶은 것은 미술이었다는 것을 깨달았습니다.

그로 인해 아이를 키울 때에는 '그 말을 하면서도 차마 표현하지 못한 숨겨 있는 의미를 듣는 귀'를 가져야 한다는 것을 깨닫게 되었습니다.

그 이후 저는 매일 혜인이가 한국의 피카소가 되게 해 달라고 기도했습니다. 그리고 혜인이가 그린 그림을 보고 집사람에게 "혜인이가 그린 그림 좀 독특하지 않아? 구름이 살아있고, 구름속에 산과 매미가 살아있는 것 같아. 얘 피카소네! 천재야!"라고 이야하면 집사람은 "여보, 오버하지 마세요. 어쩌다 좀 잘 그린거예요"라고 했습니다. 그러던 집사람도 혜인이가 중1때 도요타 디자인 전에서 87만 명 중에서 통합 1등으로 뽑히고 도요타 회장상을 수상했을 때, 내가 "거봐 여보! 혜인이가 해냈잖아! 혜인이는 한국의 피카소야! 천재야!"라고 말하자 집사람도 "음… 잘 그리는 것 같아요"라고 인정을 했습니다. 그 이후에 "혜인아 너 커서 대학 어디갈래?"라고 물으니 "저 미술할래요!"라고 단호하게 이야기 했습니다. 저는 "그래 네가 하고 싶은 것을 하고 살아라"며 꿈을 응원해 주었습니다. 그리하여 들어가기 어렵다던 세계 1위 LA아트센터를 들어갈 수 있었고, 거기서 4년 장학생으로 우수한 성적으로 졸업을 했습니다.

그런 식으로 아이들과 소통하다 보니 그들의 하는 고민에 대해서 그들의 입장에서 더 자세히 알게 되었습니다. 아이들은 어른들의 입장에서는 별 거 아닌것 같아 보이는 일에 대해서 고민하고 있다는 것을 알 수 있었습니다. 그때 나는 사소한 말과 행동도 아이들에게는 상처가 될 수 있다는 사실과, 또 반대로, 그런 사소한 말과 행동으로 인해 아이들이 더 성장하고 용기를 낼 수 있겠다는 사실을 깨달았습니다.

그 이후 나는 언제나 아이들에게 긍정의 에너지를 심어 주려고 노력했습니다. 그 결과, 아이들이 대학에 갈 때까지, 그리고 대학에 입학한 이후에도 학교에서의 고민, 취미 등 다양한 관심사를 공유할 수 있었습니다.

# 나도 한 때 노예였다

미국 역대 대통령중 가장 위대한 대통령으로 평가받는 링컨은, 아버지의 부당한 양육때문에 가슴 깊은 곳에 치유되지 않는 상처를 품고 평생을 살아야 했습니다. 그러나 그러한 아픔을 안고서도 온화한 성품을 유지하면서 강인함으로 고뇌와 역경을 이겨냈습니다.

그는 정식 학교 교육을 받지 못했지만, 그가 성공할 수 있었던 비결은 성경에 바탕을 둔 어머니의 헌신적인 교육이라고 말합니다. 링컨의 어머니는 아버지의 반대에도 성경 속 이야기들을 바탕으로 링컨에게 읽기와 쓰기를 가르쳤습니다. 그러나 링컨의 부친이었던 토마스 링컨은 자녀 교육에 대한 가치에 대한 개념이나 미래에 대한 비전 없이, 하루하루의 농사를 짓고 사는 데만 급급한 사람이었습니다. 그는 자신의 아내와 아들 링컨이 농사일을 끝내고 책을 읽고 공부하는 모습을 볼 때마다 화를 내고 핍박을 했습니다. 그럼에도 불구하고 링컨은 기회가 될 때마다 책을 읽었습니다. 링컨은 이미 책을 통해 새로운 세상에 대한 비전과 미래를 꿈꾸고 있었습니다. 아버지는 그런 링컨을 더욱 못마땅하게 여겼고, 틈만나면 책을 보는 링컨을 결사적으로 말리면서 더 많은 일을 시켰습니다. 그리고 일이 끝나면 이웃 농장일을 시켰고 멀리 나가 돈을 벌어오라고 했습니다.

훗날 노예를 해방시킨 링컨이 "나도 한 때 노예였다"라는 유명한 말을 남겼는데, 역사가들은 이것이 링컨 자신이 예전에 아버지 아래서 겪었던 시절을 회상하며 한 말이라고 해석을 하기도 합니다.

아버지의 폭압이 얼마나 심했는지는, 인품이 그토록 좋다고 알려진 링컨이 아버지의 장례식에도 가지 않고, 대통령이 되어서도 아버지 묘지에 비석조차 세우지 않았다는 사실을 통해 알 수 있습니다. (훗날 링컨의 아버지 토마스 링컨의 묘소에 비석을 세운 사람은 링컨의 아들이었습니다.)

링컨의 이야기에서 알 수 있듯이, 링컨은 정식 교육을 받지 못했습니다. 부모님 모두 명문대를 졸업한 것도 아니였고 오히려 환경적으로 공부하기에 매우 어려운 편에 속했습니다. 링컨이 위대해 질 수 있었고 명품가문의 씨를 뿌릴 수 있었던 것은, 아버지의 핍박을 인격적으로 승화시킨 내면의 힘에 있습니다. 힘든 상황에서도 온화함을 바탕으로 강인함을 키웠던 것입니다. 힘들고 어려운 환경에도, 이를 탓하지 않고 성경을 삶의 원칙으로 살았습니다. 그 결과, 전 세계에 선한 영향력을 끼칠 수 있는 인물로 성장할 수 있었습니다. 그래서 미국 역사상 사람들이 가장 존경하는 위대한 대통령으로 남을 수 있었습니다.

"오늘날의 나는 모두 어머니가 있기에 가능했다.
왜냐하면 나는 어머니에게 꿈꾸는 것을 배웠고,
시련과 역경 속에서도 끝까지 그 꿈을
포기하지 않는 것을 배웠기 때문이다."

· 아브라함 링컨 ·

# 한류 대학의 꿈

코로나 때, 중국에서 갑자기 김치의 종주국은 중국이라고 주장한 적이 있습니다. 그런데 그때 인터넷에서 말들만 많았지 실질적으로 아무도 대응하지 않았습니다. 국제사회에서는 어떠한 단체나 기관에서 제대로 된 대응을 해야 영향력이 있는데도 말입니다. 그때 '이건 아니다'는 생각이 들었습니다.

당시 혜인이는 LA아트센터에서 많은 작품들을 쏟아내고 있었습니다. 혜인이는 한국사람이고 김치를 좋아하는데, 그때 "김치가 중국 것이라면, 김치를 좋아하는 혜인이는 중국여자인가?"라는 생각이 들었습니다. 그때 자식 가진 아버지로서 무엇인가를 해야겠다고 생각했습니다. 그래서 한류를 공부하기 시작했고, 한류책을 30권을 읽었습니다. 그때 들었던 아이디어가, '한류'를 기반으로 해서 '김치 한류 엑스포', '와인 한류 엑스포', '커피 한류 엑스포', '한복 한류 엑스포', '태권도 한류 엑스포', '골프 한류 엑스포'와 같은 다양한 한류 엑스포를 개최하고 전 세계에 퍼트리고 싶었습니다.

예를들어 김치 한류 엑스포의 경우, 김치 담그는 행사 후 다양한 행사를 기획해서 진행하는 방식입니다. 그래서 사단법인 한류 엑스포(KOREA EXPO)를 만들었고, 2022년 11월 22일 '제 1회 김치한류엑스포'를 개최(온라인/오프라인)했습니다. 당시 연세대 최고위과정 제자였던 크레소티 박경애 회장과 아이큐브온 최승진 회장께서 펀딩으로 힘을 실어주셨고, 갤러시 코퍼레이션의 도움으로 행사를 마칠 수 있었습니다.

행사장에서는 묵찌빠를 개사해서, 김치 게임 무추파(무, 배추, 파)도 진행하여 폭발적인 반응을 얻어냈습니다. 또한, '무궁화꽃이 피었습니다' 게임도 함께 진행했습니다. 이를 알리기 위해서, 큰 딸 혜인이가 김치강국 포스터를 그렸습니다. 그러면서 '김치강국'을 다음과 같이 풀었습니다.

**김**치, 우리 민족의 맛

**치**국(治國)은 우리 김치를 지키는 것

**강**한나라, 김치나라, 김치백신,

**국**산김치가 세계의 표준입니다

---

<한류엑스포 출범, "한국 문화 우수성 세계에 알리자">

- 2021. 11. 17. 오한준 기자

사단법인 한류엑스포(KOREA EXPO)는 17일 "한류 엑스포가 '대한민국 문화 우수성을 세계에 알리자' 라는 슬로건으로 출범하며, 대한민국 문화 우수성 알리기에 본격적으로 나선다"고 밝혔다.

한류 엑스포 박인규 회장은 "첫 프로젝트로 11월 22일 김치의 날을 맞아 세계 최초로 온라인과 오프라인에서 동시에 진행되는 '제1회 김치한류엑스포'를 대대적으로 개최한다"고 전했다.

'제1회 김치한류엑스포'는 한국 문화의 우수성을 재조명 시키기 위해 김치와 관련 된 다양한 행사와 이벤트가 진행 될 예정이다.

한류 엑스포는 김치한류엑스포에 이어 2022년 한복의 우수성을 알리기 위한 '한복한류엑스포'를 진행할 예정이다.

출처 : 데일리경제
www.kdpress.co.kr

그때 한 통의 전화가 왔습니다. 그당시 서울벤처대학원 대학교 총장이신 박호근(전, 과기부 장관)께서 차한잔 하자는 것이었습니다. 총장님께서는 "박원장 요즘 뭐하십니까?"라고 물어보셨고, 저는 "연세대 메타버스 한류 최고위 과정을 운영하고 있고, 김치한류엑스포를 개최했습니다. 한류전도사로서 한류를 홍보하고 있습니다"라고 말씀드렸습니다. 그러자 총장님께서는 "박원장님 꿈은 뭡니까?"라고 물어보기에, 저는 "한류대학을 만드는 겁니다"라고 자신있게 대답했습니다. 그러자 총장님은 "박원장께서는 박사학위가 있나요?"라고 물어보셨습니다. 그래서 "고려대 기술경영전문대학원 박사과정 수료, 건국대 부동산대학원 박사과정 수료인데, 아직 박사학위는 없습니다"라고 말씀드렸습니다. 그러자 한류대학 총장을 하려면 박사학위가 있어야 한다면서 메타버스 한류 경영학 박사를 하라고 추천해 주셨고, 당시 서울벤처대학원대학교 박사 지도교수인 황찬규 교수님을 불러 저를 도와주라고 말씀하셨습니다. 그래서 저는 서울벤처대학원대학교를 등록했고, 황찬규 교수님의 헌신적인 박사논문 지도와 사랑으로 2023년 2월 15일, 57세에 세계 최초로 한류 경영학 박사 학위를 받을 수 있었습니다.

현재 저는 한류의 우수성을 전세계에 전파하고 전세계에서 한국으로 오고싶어하는 젊은이들을 위하여, 메타버스로 온라인상에 한류대학을 만들고 오프라인으로 현장실습교육을 하는 한류대학을 구상하고 있습니다. 각 국내 대학과 오프라인 현장실습을 제휴하여 운영하는 세계최초이자 최대규모의 도시형 K-한류대학입니다.

제가 보스턴의 하버드 대학을 방문을 했을 때, 보스턴의 인구가 65만(메사추세츠 주 인구 = 약 700만 명, 2020 기준) 가량이 되는데 대학이 100개 이상이 있다는 사실을 보고 깜짝 놀랐습니다. 보스턴은 세계적인 도시 대학이었고, 그러한 교육에 대한 저력이 미국이 세계 정치, 경제, 사회, 문화 강국이 된 이유였습니다. 그래서 저는 대한민국에도 도시형 K-한류대학을 만들어야겠다는 꿈과 더불어, 통일한류대학의 꿈을 꾸게 되었습니다.

골드만삭스는 2050년엔 한국의 1인당 GDP는 8만 1천 달러로 미국에 이어 세계 2위를 기록할 것으로 예측했는데, K-한류대학을 통해서 세계적인 인재들을 키워 그때를 대비해야 한다고 생각합니다. 그리고 K-한류대학에서 많은 제자들을 배출하여 세상을 아름답게 만들고, 삶의 우선순위법칙을 가르치며 바라봄의 법칙을 통해 젊은이들에게 꿈과 희망을 주어야 합니다. 아름다운 세상을 만들기 위해서 감사, 봉사, 사명의 법칙을 가르쳐서 세상을 더 풍성하게 만드는 빛나는 꿈을 꿉니다.

끝으로 항상 가족을 위해 기도하고 물심양면으로 헌신하는 아내 김혜선 집사님에게 감사드립니다.

사랑합니다.

또 이르시되 너희는 온 천하에 다니며
만민에게 복음을 전파하라

_ 성경, 마가복음 16:15

KOREA
EXPO 2021

# 명품가문 변천사

사실 우리 집안은 쪽박 가문이었다.


엄마 아빠는 싸우고
누구는 화내고 다리털을 뽑고
동생은 게임만 하고
누구는 딴짓하고 선풍기에 겨드랑이 털을 말렸다
이혼해! 살기 싫어! $#@$%

함께 밥을 먹긴 했지만,


각자 따로따로 ...
이게
밥을 먹는 건가?

어렸을때부터 새벽기도 소리로 아침마다 잠을 깨웠던
아빠라, 예배때마다 눈물로 우리를 위해 기도해 주시던
엄마를 보면서 하나님이 궁금해졌고, 그분을 인격적으로
만나면서 인표같이 좋은 남편을 하나님이 선물로 주신것
같아서 너무 감사해요. 아직도 너무 부족하고 철없는 애지만
저도 신앙안에서 자라나 엄마랑 아빠같이 훌륭한 부모가
되고 두분이 매주섬긴 것처럼 헌신적으로 온 사랑으로 인표와
혜인이를 닮은 아이 셋을 키워보겠습니다. 두분의 희생과
기도와 믿음 덕분에 저희가 복을 받아 덕을 봅니다.

그러나, 매일 눈물의 기도와
하나님의 은혜로
모두가 바뀌기 시작했다

새벽기도 소리로 아침마다 잠을
깨우던 아빠!
그리고,
모두가 하나님의 선물이었다

삶의 우선순위의 법칙,
3C의 실천을 통해서
영적 성장과 함께
더 좋은 일들이 생겨났고

제 1기 INI 하버드 경영대 최고위과정
Opening Ceremony, INI 윤태근 회장님과 함께
– 2024.05

그리고 마침내
명품가문의
첫 걸음을 내딛게 되었다
하나님 감사합니다!

2024.
장녀 박혜인 결혼식. 벤쿠버

할수 있다!
하면 된다!
해보자!

박인규 박사 블로그

박혜인 디자이너

박인규 박사 mentorsking@gmail.com

publisher

instagram

# 명품가문의 법칙

**초판1쇄 발행** 2024년 8월 28일 **2쇄발행** 2024년 11월 12일
**지은이** 박인규
**펴낸이** 최대석 **펴낸곳** 행복우물 **출판등록** 307-2007-14호
**등록일** 2006년 10월 27일
**주소** a1. 서울특별시 종로구 종로1길 50 더케이트원타워 B동 위워크 2층
　　　 a2. 경기도 가평군 경반안로 115
**전화** 031-581-0491 **팩스** 031-581-0492
**전자우편** book@happypress.co.kr
**정가** 17,000원 **ISBN** 979-11-94192-07-7